新诗经·典藏书系

冥想集

居 一 著

暨南大学出版社
JINAN UNIVERSITY PRESS

中国·广州

图书在版编目(CIP)数据

冥想集 / 居一著. —广州:暨南大学出版社,2015.11
ISBN 978-7-5668-1654-2

Ⅰ.①冥… Ⅱ.①居… Ⅲ.①诗集—中国—当代 Ⅳ.①I227

中国版本图书馆 CIP 数据核字(2015)第 251246 号

出版发行:暨南大学出版社

地	址:中国广州暨南大学
电	话:总编室(8620)85221601
	营销部(8620)85225284 85228291 85228292(邮购)
传	真:(8620)85221583(办公室) 85223774(营销部)
邮	编:510630
网	址:http://www.jnupress.com http://press.jnu.edu.cn

策	划:余 丛
策划编辑:杜小陆	
责任编辑:崔军亚	
责任校对:黄 斯	
排	版:中山市人口手文化传播有限公司
印	刷:佛山市浩文彩色印刷有限公司

开	本:787mm×1092mm 1/16
印	张:14
字	数:165 千
版	次:2015 年 11 月第 1 版
印	次:2015 年 11 月第 1 次

定	价:28.00 元

(暨大版图书如有印装质量问题,请与出版社总编室联系调换)

自序：我从来不想对自己蒙混过关

一

千古一瞬间，一枚粒子与一颗星辰都是天体，人也是。

宇宙是神秘的，在其巨大的结构中，在每个星系，各种奇观令人惊讶：恒星、红矮星、白矮星、黑矮星、黑洞。而每一颗恒星、行星都是按照属于自己的引力轨道运行的……它们有着自己的生命周期和亮度，身处属于自己的空间，从而有决定自己的引力场，它有自己的运行轨迹、生命演化、形成，以及死亡。很有趣，天文学和宇宙物理学都是通过"光"来测量和认知宇宙现象的。这简直就是对世界诗歌历史时空的最好隐喻。为什么恒星那么耀眼和久长？因为它自身能够自明、能够较为持久地发光，至于行星、卫星之类，它的命运则是依赖或归属于恒星。恒星的生命取决于它自身的能量演变，直至萎缩坍塌，然后死亡……而行星们，几乎都死在路上。

在世界诗歌的历史中，我只看见两类诗人闪耀在天空：一，天才诗人；二，大师。前者如彗星不时闪现，英雄出少年，力拔山兮，气吞山河；后者则如恒星，总是挂在夜空，有一大群行星围绕。相比之下，其他诗人，则多是行星、不计其数的卫星，甚至无数碎片天体……这个庞大的群体，都是自身不能够发光的、缺乏勇气、不敢冒险、犹豫不决、投机钻营、畏首畏尾、没有轨道，多死亡在碰撞中，甚至"躺着中枪"，最本质的，他们都是成批死亡在半路上……

作为诗人，没有谁愿意死在半路上，谁也不愿意成为短命鬼。每个诗人都在冒险，在苦练绝世武功，希望纵横天下，笑傲江湖。不同的是，有人表现得很勇敢，有人则一直表现为勇于不敢。没有谁对谁错。关键是你是否能够积聚能量，成为恒星。

在诗歌史上，英国诗人威廉·布莱克，美国诗人艾米利·狄金森，中国诗人海子，他们的路途曾经多么危险。唐代的李贺，至今没有一首诗收入《唐诗三百首》，幸好，他终于没有死在路上。

说真的，没有三两下，最后的结局，一定不知道自己是怎么死的。

诗人要不死，必须要有千秋不朽的文本。通过文本独特的个性表达与言说的光芒，体现生命的存在与亮度、色彩，以及能量的持久。这是唯一的出路，没有谁能够蒙混过关。

二

"天地有大美而不言，四时有明法而不议，万物有成理而不说。圣人者，原天地之美而达万物之理。是故，圣人无为，大圣不作，观于天地之谓也。"（《庄子·知北游》）

从庄子的蝴蝶到大鹏，从快乐的鱼，到庖丁为文惠君解牛的刀，以致楚狂接舆对孔子德行的劝慰之歌，生命之舞蹈，无所不在，与万物齐，互为譬喻，又游于万物。其逍遥自在，如来如去之美妙，不用说，乃灵魂自由之道，生命终极之诗。

但庄子的玄虚，对于世俗的诗人，几乎是无暇想象的。沉重的肉体是怎么也飞不起来的，且必须遭受生死煎熬、生存挤压和欲望的无休止挞伐。对于大多数人，只有到了垂暮之年，生命将止，似乎才明白一点。

生命之秘密的实在和乌有，在东方人的智慧里，早已经不是问题。只是科学主义的进步历程对于一些人晚了半拍。现代物理学证明，物质乃是波的震动，量子力学是一种描述信息属性的理论，基本粒子的不稳定和转瞬即逝，说明了宇宙弦的震动即是物质生灭现象的呈现。大千世界，其实是宇宙弦演奏的一部壮丽的交响乐。宇宙的本质，是现象、实在和存有，被限定在一组本质上不可分离的关系结构中的不断演绎。缘起性空，无中生有，科学家们千辛万苦，才得以抵达峰顶，而禅宗大师和道家的修持者早已经端坐在那儿很久了……

人的存在，理所当然也如此。

科学与宗教（诗），犹如两条平行线，已经在某一处完成了交汇。科学似"渐悟"，宗教则从开始就是"顿悟"的。至于诗，从人类产生以来，就一直以各种方式呈现和歌唱，以音乐、雕塑、绘画、建筑，甚至数学……其中，现代意义上的诗则走向了某种以"狭义语种为物质外壳"所承载的诗，诗人的诗……

其实，诗，即无常，即变与易，隐藏在一切事物——生命物质、非生命物质的变幻中。那些人类可以看见的、听见的、感知的，那些人类无法看见的、听见的、感知的……

形而上说，诗是不可言说与捕捉，或难于言说。诗是生命与宇宙万物运动中瞬息的相互观照。其大美，凡言说，必泄露真意，或者变味、扭曲、失之千里。"心物一元"，同格、一体，一切有为法，如梦幻泡影；名可名，非常名。无名，天地之始，有名，万物之母。常无，欲以观其妙，常有，欲以观其徼。

但诗的存在自有它的神秘性，这与诗人何为几乎是同一个问题。人生百年，放在时间长河中，极限即零，但存在就是诗。诗人只需要做宇宙神庙虔诚的朝圣者，用自己的言行，歌唱或叙述，与天地合而为一。

三

2010年的年底，我结集出版了第一部诗集《梦见蝙蝠》，突然觉得自己很可怜。按理说，我有真性情、有诗性，写诗训练时间也足够长，也不乏值得一读的，玩得尚有趣味的诗，但还是很可怜。我没有自己的方向，比起同时代有大气象的诗人，要么属于小敲小打，要么像插科打诨、说段子之流，没有形成格局，更不可能去建构自己的"诗歌宇宙"，当然，也就找不到"诗歌神秘的入口和出口"。

"羝羊触藩，不能退，不能遂，无攸利，艰则吉。"（《易经·大壮》）我陷入了功利的泥潭和失语的困境：古典主义以及"现实主义"的樊篱，紧紧缠绕住了犄角。

我自觉处境的尴尬：多少年来，我的阅读、修养、心志成长全都依赖无数用汉语从事写作的古代和当今诗人，以及他们翻译的无数优秀诗篇。我立志要在诗歌写作上有一番作为的一切表现，仅仅有"诗歌精神"的冲动。不论是向前或者向后，我所有的姿态都落入了对同代人和先锋人物的背影中。虽然不是跟屁虫和拙劣的模仿者，虽然我的作品并没有过分掩饰和伪装，而是力图言辞新颖，但是，我的自吹自擂，以及某些评论家的吹嘘呐喊，仍然使我坐立不安！因为我知道，我其实已经深深陷入他人早已废弃的陷阱。

但是，我并不想对自己蒙混过关！

我自知，当一首诗歌得以完成，似乎觉得超越了自己和许多人，几天以后，就发现不对劲了。新集子油墨尚未干透，看起来个性十足，其实根本无法摆脱诗坛所泛滥的陈词滥调的死死纠缠！当然，我还得继续写下去，一首一首地写，一本诗集接一本地继续出版。必须继续反复地"追逐"和上演，做终身推举石头苦役的不甘心的西西弗斯。只是，再也不敢随意乱写了！但是，说来容易……

不由得想起一代又一代的先锋诗人们，多么难能可贵！诗歌的本质就是"革命"，不停地革命，然后，新生。这就是宿命！真正伟大的诗歌和诗歌行动，忌讳重复、杜绝抄袭和演绎。它蔑视躲藏在大师的影子下或者身后，换一件外衣，欺骗世人和自己……

四

没有人不知道，不少先锋人物都是"诗歌烈士"，已经死得不明不白，不知行踪。有些没有死亡，但不是因为留下了诗歌，而是诗歌行为。这当然也算是悲哀的。

我认真总结了自己，我以前的所有写作，充其量只能算作基本训练，甚至还显得不够。尽管我知道最遥远的，就是最近的，但是，我的激情还是深深陷入"对现实生活泥潭的近距离探求"，由于资历尚浅，经验不足，受蹩脚评论家的误导，我试图通过对日常生活的进入和细致描写而"获得诗歌"的做法，使得我的诗歌不仅散失了诗性的最可能的和最重要的部分，而且远离了生命的真与世界的真相。以现实担当为功利通道，缺乏审视和提炼的写作，事实上不仅偏颇，而且简单，甚至浅薄，完全割裂和混淆是非与善恶。表面上追求"诗意栖居"诗歌行为，不是死路一条，就是荆棘封杀，最终"下落不明"！

一切试图蒙混过关的行为，都是自欺欺人。我清醒过来，我所羡慕且深受诱惑的，不论西方或者中国的现代主义、后现代主义，他们不过也像中国古典主义或者西方古典主义一样。对于从来没有见识者，是皇帝的新衣，但对于一个随时保持革命性的诗人，则全是破旧的家伙，只能够用来训练诗人的基本功。仅此而已。正如余响未了的超现实主义运动，既不是一种写作方法，也不是一种艺术流派，而是一种对陈腐不断破坏、不断否定的文艺思潮运动。即使是发起人布雷东和艾吕雅，似乎也没有把超现实主义发挥到极致。所留下的似乎也只是"形式主义"宣言式的诗篇。

回过头来，我看见，脚下的大地和我置身其中的时间、空间、文化和生活，一直是不断漂流的。在现实的喧嚣和尘埃中，在虚假和伪善的名利角逐中，我是否能找到自己？我时刻感受并承受生命之苦和痛，然后又不由自主地为了生存，而不断地丢失自己，或者间断地丢失自己，甚至从本质上背叛自己，我是否继续迷失于这个庸俗和堕落的世界。

我再次觉得"诗歌最先是用灵魂倾听的"，"诗歌之道就是对现实闭上双眼"。（海德格尔）诗者首先是一个冥想者，然后才是一个造梦者（不同于做梦）、一个言说者、陈述者、歌者，绝对不是一个现实的行动者。他可以起始于愤怒与欢乐，但是绝对不可以因为现实强大的引力和社会生活的境遇而鲁莽和有所作为，甚至深陷其中。一个只会在地面上行走的现实主义诗人，肯定是一个"死"的诗人。而对于一个与现实发生激烈对抗，必须要有斗争结果的人，诗歌是无用的，他只有伸出拳头或者拿起抽象意义的枪。

五

我想到了佛陀在灵鹫山上的拈花微笑，想到达摩大师不认识梁武帝是谁，渡长江，至少林，面壁九年，才现二祖慧可；再想到一百多年前，27岁的虚云法师为报父母深恩，发誓要从浙江普陀山三步一叩头，抵达山西五台山朝拜地藏菩萨，最终历经三载，遂成心愿的德行。诗歌之路，原来是一生的朝圣之路。我非顿悟的天才，证悟之日，遥不可期。只管虔诚修持便是……

而诗歌界，亦如佛界魔界，亦如茫茫人世。那些说自己懂诗的人，千万不要相信！那些开坛垂示的高人，千万别理会，别在乎！那些自诩为天才和大师的人，千万不要迷信，否则，他们死得不明不白关你屁事，但你不要为他们死得不明不白。

还是老子说得对："上士闻道，勤而行之；中士闻道，若存若亡；下士闻道，大笑之。不笑，不足以为道。"

一个能够成大器者，在现实面前，当小心不要轻易赞美，那或许就是背叛；也当随时控制愤怒和蔑视，那是心魔；应该知道，既然佛魔不二，那就应当遇鬼则鬼，亦魔亦佛，把握火候时机，分清界限，当见佛杀佛，遇祖宗则可呵可笑可忘记。悲悯即可、自在即可。诗的真意，大概如此……

那么，请看看你是什么姿态！——这就是你的姿态？——难道你需要这样的姿态？

终于有一天，在荔香公园散步，我发现了"自己的消息"，"天地万象都是宇宙的文字和生命的投影 / 一花一草、一木一石都是我的微笑 / 一万个禅师隐藏在我的名字里"。

一个企图对自己蒙混过关的人，原来并不属于自己，他的过去和未来什么都没有。他必然要超越和逃亡于这个物质的现实世界，升天入地，直到某一天，他走遍大地，经历人类心灵苦难的方方面面，有了自己的格局，搭建自己的宇宙，然后，再以诗人的身份回来。

当然，前程艰难而漫长。你必须随时手提诗歌利剑，必须随时控制好平衡术、通灵术。还要小心，可能随时伤及他人和自己。

但愿这个人和他的诗，不会死亡在半路上。

六

收入本书《冥想集》的一百余首诗作，是从五年来的作品中遴选出来的。我一向对身边的诗人们说，我对已经成为过去的作品不能说满意，严格说，很多都还是无效写作，是练习。想要重写，却既不讨好，也不可能。尽管其中不乏成功之亮点。

凡诗人都有致命弱点，我有病入膏肓的迷恋：那些泥沙混杂的，那些做梦者的呓语、那些啰唆的废话，那些自以为是……哦！思想也是诗吗？嘿嘿——思想，也可以是美的，如音乐的旋律……

而且，我还得在大地上与残酷的生存对抗，乃至为生命的自由而斗争……因为我的生命与所有人一样，被各种社会意识形态血液一样滋养，甚至入侵。诗意的神秘，并不能够解决所有人为和自然的灾难，但是，可以在更高处成为生命之道、宇宙之道，成为诗者的宗教，从拯救一个诗人开始……

有没有人在面对这一切时像一个玩游戏高手？

要坚持不蒙混过关，必须具有坚强的意志力。

我明白当今需要怎样的时代精神和未来对于我意味着什么：我是在大机器时代和量子技术的商业化生存空间里走钢丝；面对各种现代和后现代思潮，我懂得着迷、羡慕时尚，也同样懂得拒绝和排斥，我有我的姿态；我把自己看成宇宙宏大神庙之中一个虔诚的朝圣者。我必须不断学习任何对诗有益的技艺，严格训练和培养自己的领悟和吸收能力，时刻表现为一个勤奋的学徒，在不断持续的变形中完成自己的塑造；一个没有天资，也选择不了先锋的人，该怎样完成自我的真正转向，我想，我是清醒的。当然，我不知道通过返回传统中最革命的人类精神遗产，经过消化后，是否可以，再从现代或者后现代的丛林中，最终走出？

居 一

2015 年 7 月 8 日深圳沙井

目　录

茶没了煮茶记

茶没了！锡罐子空空然

再打开前日某君礼尚佳茗，嘻，早被启封

余两小袋干燥剂赠我。好一个豪华的空盒子

难以置信！从来不曾断过

再想，什么时候买过茶呢？自从爱上吃茶

发呆半晌，在楼下茶庄买了一盒中低端的龙井

二十余年，牌子和茶商搅乱了市场

好茶是买不到的

偶得好茶：是大道文化公社诗人戴冰在一次沙龙上

奉献的茶，属自产

其次，是家乡云雾山中的明前毛尖，量产

不进入商品流通

再次，是西南山地乡亲皆能采之、品之

几乎不值钱的苦丁茶

今日有玄机：茶没了，离退休还乡亦不远了

多少年来，我这吃的，算哪门子茶

每次袭上鼻翼的茶香，都有送茶人的气味

我虽一副吃茶的得意，却被什么隔着，根本不能知茶懂茶

难怪，有朋友自远方来，茶楼侍者的手艺会那么好

每逢佳节，回家乡老宅与父亲煮上一壶土茶

茶香之纯粹，直是故土和山风山泉魂魄的提取

浸入骨头，弥漫时空以至如今

水已煮好，刚要坐下洗茶

竟被西晒的太阳照个正着，难入茶境

理一理窗帘，原来是麦秸秆编织的落地帘子

再拉上窗纱，还是没用

弄了半天，才发现自己愚蠢至极

如此如此，多么简单

一，把此栋房屋的朝向，翻转过来

二，让太阳从东边落山

最佳方案：人与茶互动，让茶叶端坐着

人呢，纵身紫砂壶中，立即沏上煮沸的开水

2015 年 7 月 5 日

寻找达摩

大江如弓。飞鸟射入石窟，找不到栖息的拐杖
大地有诗意，有万物，有法器，就是没有圣人
台风在南国砸地，107 国道雨天路滑
我送太太到凤凰山脚下

回到练习功课的角落，继续面壁
三十年：三尺长宽的黑暗里有大光明
每天必经的路途，有小坎坷、有无名荆棘
心里有障碍，时刻手握铁锤，把自己钉入生活
再努力拔出来

时代流行"奉献"一词，还有"敬业"
可破解生命之谜，就是没有人能够做到
我也学习障眼法，"小人物的小活法"
友人笑我，我自鉴

近来股市在玩过山车，谁没有患得患失

我不磨砖，偶尔读经参禅，从不向天空吐痰

人，现在是什么，就是什么，想不是也不行

早餐在家中，绕不过各种物象，碗筷、垃圾桶和扫帚

现在在劳作处，我没有菜畦、锄头、刀斧与柴堆

有时是一滴红色墨水

有时是一枚粉笔，在墙壁上转瞬消失

又再生

大师面壁九年，千古悬案

没有几人真懂，懂的人也不敢乱说

2015 年 6 月 24 日

端午与戒诗

"路漫漫其修远兮……"

干吗走水路呢，弄得，汨罗江两岸的猿啼

入洞庭、汇长江、下三峡，越乎陡险

勾勒了汉语诗歌地理的一条大动脉

两千年的流放，你说算不算长

凡是中国的好诗人，灵魂，都来自屈子

形容枯槁，绝恋于女神，忧愤而死

梦里才是真痛。今朝醒来，只管疯狂地吃粽子

这个日子，瘴气四溢，巨毒啊，雄黄酒不能够少喝

诗嘛，最好从此再也不谈，更不能再写

爱了一辈子，全是单相思

自取其辱：爱与非爱，竟然无法鉴定、需要鉴定……

明明在佳人面前低三下四，唯唯诺诺

脱光衣服，把脑袋塞进裤裆，到了泼皮撒赖田地

却逢人便夸，"吾佳人如何如何"
嘘！把深藏屋内的美人展示于人，何等能量
且不问红颜是否变色……

当然，对于把诗变形为利器、诱饵
盗名欺世的恶棍，只有无语

难怪，诗必须死，必须不得好死
难怪，懂得诗道的人，最后都彻底不再写诗
著名禅师从来就不念佛、讲经
这位大爷，花了五十年，到了寺庙的半路
吃粽子吧，吃粽子吧
从此，天天吃粽子

2015 年 6 月 19 日

填写履历表

梦里赶考

铺展的试卷上，家字写了一半，国字写了半个框

有热风翻过

两千年，就是这么过来的

仔细想想

姓氏、出生、职称、选官、纳妾、看戏

退而选佛、看山

造了多少孽障，误了多少路程

没有才好！没有，可以从头再来

但从头再来，必须干净才行

最好，连名字也没有

尤其不要为人师、为人父、为人友

为人子与否，待与来生的父母商量

罢了！罢了！此生最不该做的，乃是躲避不了

诗之诱惑，中毒不浅
原以为可以自由逍遥人世
没料到，灵魂被绑架、折磨得九死一生
唯有几个喝小酒的朋友，偶尔稍微为我松绑

2015 年 6 月 18 日

华阳湿地采诗记

华阳湿地，襟东江，携羊城

宜神游，化身西塘塔影，周末在此打个顿号

或者，在广深沿江高速踩一脚刹车

华阳湿地，产渔歌，宜采诗

关于什么是华阳湖水，引路人说得好

"湖水不净，源于人心，人心不净，奈人心何？"

华阳湖水就是华阳湖水

有五百亩荷花、十里美人蕉，船过处都有水兰

龙舟自古划到如今，呐喊年年打湿电视屏幕

唯有今日稍有不同

一张皮划艇，冒充古意扁舟

且遇高明船家，以白话棒喝诗人

"诗歌向来只可换酒，不能充饥，你们吃什么？"

有好诗人哈哈大笑

．

"我辈，版税虽少，获奖颇多，各大报刊都见消息！"

我自然羞愧：虽有大情怀，却只见小行动
正如白鹭隐藏在藕花深处，汉语中有好诗
唯独，没有大师

某主编大声呵斥，手指船家
"这不是大师，是谁？"

小船有节奏地摆渡我们穿过湖心
大师正在津津乐道："常常有大鱼自湖心飞跃入船。"
我立即拿定主意——
"当找准时机，把大师抓起来
为我划船！"

2015 年 6 月 16 日

佛诞日

日复一日，背负一个沉重的酒壶满世界游荡
不如禽兽，虽恐惧逃亡，却不问生死
也不如草木瓜果，即枯即荣，不求善恶与功名

关于释迦之前，佛是什么，释迦之后，佛又是什么
经书里的答案与佛界的传说，千万别相信

至于参禅，随意最好，不用结跏趺坐
只要能看见，万里黄沙没有半截腐朽的胡杨
大地之门，并非涅槃，只在睁眼闭眼之间
见山则巍峨，见水则浩瀚蔚蓝，见美酒则万物皆朋友
见美人，既是春回大地，也是一具骷髅
以及肃杀严冬

恰如现在，早八点，难熬的苦夏又见脾气
庭院里早熟的几枚芒果正好掉落
击中你心中仅存的悲悯

命运前后，都有追兵

书橱中有异响，书页里的汉字正在挣脱油墨与纸张

案牍上，不知何时放了一把匕首

再看，原来是习字的狼毫，笔洗，俨然刀鞘

知道什么是障碍，就当明白波罗揭谛

用心恋爱过，千万别用语言表达

2015 年 5 月 25 日

打　金

我欲打造一件金质雕像献给灵魂的膜拜者

天空中旋转着法轮、圣杯、皇冠和权杖
佛陀端坐在宇宙的最高处
笑看从身上分离的肌肉消失在苍鹰的尖喙
基督把自己挂在十字架上，成为人子的标本
所有这些，都与黄金有关
黄金是太阳的汗水，其内部
密藏着灵魂出入大千世界的唯一通道

"什么造型?"打金者观察我
"这个人眼睛里究竟有什么呢?"

深入打金的作坊，现实的迷宫
一系列人性的刑具与枪械，在执行最高的使命
电脑、雕刻机、熔炉、模具、喷枪、锯子、镪水
组成了一个超时空的乐队

生命的奥义，以黄金的命运呈现

演绎出一曲又一曲摇滚或交响……

可以确信，打金者不是人间大戏剧真正的导演

黄金，也远不是暴力革命者与和平人士

行动与思考的那么简单

唯有禅者、宗教家，能够洞悉其普世精神

黄金之美，在于无用，无相

在于游于物

打金者说，没有任何人真正见过佛相

我在他的脸上也找不到一丝金气

我们很无奈，当今世界，点金技术泛滥

任何一粒金粉都是剧毒

经书里，也藏匿着黄金

一个月后，我取到一尊金狮雕像

打金者则辞职，离开金店

我满怀希望

擅于烹调小鲜的人，逐渐参与国家的治理

天宇转向蔚蓝，云朵负载甘霖，从海洋漂向大地

空气中弥漫着太阳的香味

我倾听到了黄金品质的诗句

2015 年 3 月 25 日

只有花朵不会虚度年华

荔香公园的木棉花，一朵比一朵绚烂……

一朵比一朵轻……

还有满城的簕杜鹃……炮仗花……

轻得要飞起来了！整个肉体和灵魂

完全对春天敞开

轻，于是获得自由，靠近梦幻

轻——所以就相信春天，认可春天的执行力

完全放心，把自己交出去

没有一朵花，会劝说人们相信春天

很少有人与花朵说话，与天空说话

任何一朵花，都比人轻多了

那在公园里奔跑的小男孩小女孩们是多么轻

他们头顶的飞鸟是多么轻

当他们背起书包，当他们恋爱，工作，懂得了善恶速度就渐渐慢了下来……

我一直与人说话，被人误解，与人争执
我一直努力弯下腰在挖掘，在创造爱。却发现
肉体，越来越承载着太多的罪恶
几乎，快把生命压得粉碎

即使是最轻的诗人，也怀揣命运的忧伤
被泥泞裹足，成为遥远国度贫穷的居民
即使总统先生，拥有空军一号，可以把大地提起来
也没有比诗人更轻
在花朵的世界，妒忌、仇恨这些词全部失效
甚至美丑、甚至享乐，与狂妄
在春天漫游，不得不想，每一朵花，一定还想更轻
比一阵风，比一朵云

2015 年 3 月 17 日

甲午岁末，夜读欧阳修

夜读欧阳修《伶官传序》，突然警觉起来

那个振臂夜呼的人，就是今年尚未产生的流行词

坐在帝国的高处，检阅所有汉字

我的文武百官、黎民百姓

真的无法辨认，哪一个词会突然纵火

却分明觉得，历史的宏大叙述

正在发生一场前所未有的雪崩……

我是否是登山者？我眼里有无数冰峰与雪山

有被风和时间定格的一座座千年人体冰雕

在潜意识里，我是一座移动的雪峰：上升、上升

和危险若即若离——把雪崩的概率降低到零

全副装备，却从不担负任何使命

也不觉得自己是人，或者雪豹

也不在乎，是否第一个抵达珠峰之极顶

在这个绕开难度抒情的年代，词的着火点都极低
路边的任何垃圾桶，随时都能蹦出一个游击队
可怜的汉字，温顺或暴戾
大多实词已经僵死，等同于虚词，无家可归
生于重复，死于奴性
其意义依赖于主词和中心词，随机产生
每个词语都极不稳定
易于集会、起义

唯登山者有坚持，有节制与约束，获得内心的自由
其呼吸从肉体完全释放，在天地万物之间归去来兮
把各种天象、物象、生命象，纳入心神的控制体系
时空就是舞台，风雪雷电、草木鸟兽都是主角
星辰日月之运转与熄灭，乃造物之大戏剧……

一个自救的词必须脱胎换骨，独立，探险，日日新
不采取哪怕只重复一次的任何行动

2015 年 2 月 16 日

夜宿福龙湾，听奇普里安《叙事曲》

车过桂林，至永福十二公里，右出，就是福龙湾

沏一壶大红袍，手持平板电脑——薛伟——《叙事曲》

一支忧伤的曲子，把世界变成了一座监狱

奇普里安，不死的灵魂，趁我旅途劳顿，借尸还魂

一个人活在世上，身陷贫穷，仍然教孩子们唱歌是有罪的

一个人，学习爱，爱生命、爱亲人，追求爱情是有罪的

一个人，为了家园和平而流血，是有罪的

热血，错误使用天才，梦想自由是有罪的

奇普里安是有罪的，必须被投入监狱，染上肺结核

被摧毁掉生命力，让大地拒绝接纳你挥洒的泪水

让你的泪水继续在天上飞，永远无家可归

冬云压城，分不清历史与现实，看不清远处的教堂

广场上的雕像未来得及腐朽，伟大与崇高已被掀翻在地

艺术家巧妙隐藏的耻部被后现代放大，改写为卑鄙和肮脏

以正义的名义，一批爱国者，把另外一批自称的爱国者

投入监狱，或者驱逐出境
垂暮之年的恶棍皈依了宗教，日夜祈祷和忏悔
希望被神看见

静坐在酒店的床榻，奇普里安发现
我是一具没有灵魂的躯壳，患软骨病，口吃，羞羞答答
不敢爱也不敢恨，不适合做革命者，做表演也不行
我一直小心翼翼，谨慎上网和发微信，不传播任何言论
知白知黑，不守荣，也不守耻，喜听天下事而从不追问
奇普里安，知道我不行善作恶，意欲通过我的肉体复活
万万不可能

奇普里安，一个人活着，是可以无罪的
为了无罪，可以选择追逐财富，游戏爱情，选择六亲不认
为了无罪，可以选择不言不语，不爱不恨，不背叛祖国
等待机会海外移民
至于现在，你知道我只能对罪孽不断地做减法
为人者师，我只能每天在教授孩子们读书、写字
奇普里安，我的修持，尚不够出世、入世
只能苟活，担负生命能够承受之轻

2015 年 2 月 14 日

蝙蝠示

半夜醒来，睁眼，又见前日访客扑打蚊帐
惊魂初定，却反复听到
"一个幽灵在大地的上空徘徊……"

起坐，感叹
"苍茫大地，须臾人生，你究竟向我透露什么呢？"

大寒时节，北方大雪无痕，南国瘴气四溢
或久旱，或淫雨，或台风肆虐
神龟不知朝代变换，牛羊在屠宰场上梦见来生
他便盘腿、合十，礼尚尊者，蝙蝠则蛰伏帐顶
一俯一仰

蝙蝠始终默然，言行无漏，状如摩达
寒夜，陡峭如岩壁，当不思善恶与生死
任天地之否气，突破骨头，冲出发梢毛孔
看守九年，能够坚持到最后么

"那么劳累干吗?"一个声音在体内响起

"人未死亡，不行走，必然要端坐!"

浑身柴薪味，弥漫室内。他起床，洗脸、刷牙

举起鸡毛掸子礼客；为阳台上的吊兰、芦荟修剪枝叶

他翻箱倒柜，找出一些种子，开始种菜

所谓番茄、黄瓜、四季豆之类，不是什么

一切赋形物，缘也，生命之真，乃如去如来

2015 年 1 月 14 日

与蝙蝠尊者的第三次密谈

推开家门，尊者在悠然环绕四壁飞行
见我又逃回来，只"唧唧"致意
我却心旌颤栗：是前几次的来访者
你说，蝙蝠，于是蝙蝠就来了
时间和空间是对称的

三顾宅邸，定有不可言说的秘密
"先生，哦，蝙蝠，你我是同类，生命就是同类
你的呼吸不会杀死我
没有敌意，就不可能有埃博拉之类

我已经不再恐惧！况且，我有一颗慈悲的心！"
我是平静的，尊者收拢翅膀，歇息在窗台右下角
眨眼望我："唧唧，唧唧……"
我则仔细倾听，以蝙蝠之相观我

"……活着真危险！命运不可知

肉体是一件千古的苦差：人欤，兽欤

你总是以吃喝玩乐抵抗生命之苦。"

尊者下垂的翅膀疑是一袭袈裟，为我开示

屋宇之间回荡着不能破译的谶语

"唧唧，唧唧……"

从白菜到草籽，大道透长安

一只蜗牛踮起脚尖背负满月，在窗外向我敬礼

不知何时，已经右膝着地，右肩低垂，合掌谛听

尊者知我并不装懂，即显告辞之意

我便拍照，发微信，却无力泄露密谈的真相

只知道希尔伯特空间态矢量和光子，影子而已

突然很想吃茶

原来是内急，且山河大地竟无一处可以方便

于是失禁，弄了几滴在裤裆

却不知怎么，竟然跑到了眼睛里

2015 年 1 月 12 日

在寿州报恩禅寺

寿县新府，楚时旧都，襟江扼淮，草木皆是兵甲
史记，玄奘大师慈悲，大唐皇帝圣明，方建此古刹以度苍生
十方世界，物物是佛；笑我痴愚，深陷迷津
一千三百年之后，才机缘抵达
冬云低垂，淫雨初歇，寺院略显寥落
香客稀少，我也不是精诚礼佛的行者

入寺，上下通明，阴阳互抱，天地一体金色，如经文洗礼
我知道不是佛光，也不是庄严的佛相与各路菩萨在交流佛法
原来是两株千年的银杏，遮天蔽日，落叶如金，飘飘洒洒
宇宙一禅寺；我心，即两株银杏树

难怪，浑身尘埃的十八罗汉，全然不在乎，停止施工的脚手架
何时得以继续
几个小沙弥，也不执著念经，只管在前殿一角，安心斗地主
香火稀缺又何妨
倒有一景致最为真实：迷醉于这古银杏满地落叶千年的神气

我够疯狂：仅仅数十秒，就拣拾了满满一购物袋

且流连，做静虚之状，意欲抛却天下万物，乃至生命的躯壳
却又深陷于脚下行履，以及"我尚有何恩未报"之尘缘
几十年如一日，反复折腾：考察、参观、饮酒、诵诗，随义利来往
从六安到寿县，环绕护城河和北宋古城墙，再入博物馆浓缩的时空
一边对寿州樊子戏语："千年以后，你的名字也可以安放在这里。"

我们会心一笑：千古英雄，一阵大风，一闪即逝的雷电与花月
一些终将腐朽的断剑瓦釜，墨迹残诗，传说逸事
圣哲与伟人也如此，以思想与豪气对抗生命之短暂，恐慌复恐慌
犹如寺外古老的民宅街巷，已经被现代楼盘蚕食得差不多了
不知道绝味的淮地牛肉汤和八公山臭豆腐，能够持续多久

嘻，岁月无形，潜寒暑以化物，合阴阳以衍苍生
这寺外寿州香草的繁华与枯败即是，这千年银杏即是
这旧时楚地万岁之七千万子民也是

我的困苦与灾厄在于，太想做一个人，却越来越似是而非
明知生死乃天地囚牢的出入口，名声乃背离天性的作茧自缚
却志气薄弱，且愚且贪和恋战，在这人鬼神魔纠缠不清的名利场

总提不起，小小的肉体

2014 年 12 月 1 日

生日自祭

成功死亡了五十一次。生中有死，且渐渐加速度
为人子，当思母难。而天地乃大母也
所以，我选择自己的活体为祭品，供奉于天地

只有生我者，最痛和最爱，从不忘记这个日子
噫嘻！半个世纪，失迷途其未远，魂兮归来
老菩萨又在电话里直呼乳名，继续引渡我
"马儿，马儿，既然贫穷，就贫穷吧
就这样上班下班，吃饭睡觉
就这样勤俭持家，怡心养德
就这样转身，像蚂蚁一样，举起大地，最是绝活。"

母子连心。我知道什么是大地之痛和灾难了
知道一滴水之所以会变得丑陋、腐朽，乃至发臭
之所以沙尘飞扬、雾霾漫天、天塌地陷、台风呼啸、江河断流
特别是白日里惊心的一幕：一群飞鸟集体自杀于某建筑之
蓝色玻璃幕墙

还有网络上追捕的逃犯：血案之恐怖已经蔓延至校园

车站、广场，到处是便衣警察

既然左脸被打，就守住内心的火，不用把右脸送上去羞辱人

有妙龄女子走过眼前，怎么不守住淫亵之风，任它掠过肉体

黄金宝石是最无用之物，巧取豪夺乃妄为和愚蠢

荣誉和褒奖，不过虚设的赞美、无聊之游戏

人，奇巧的魔盒，空空然，本来一无所有

人，轻诺而寡信，丝毫不逊色于变色龙

见山是山，见钉子锤子刀斧豺狼犬马，亦如是

且不如野兽纯洁，在丛林、时令中应时发情、繁殖而演万象

常常毁损天地万物之间神秘的契约与法则，以致生命

因一切事业而自因，而枷锁于所触之人、之物、之妄想

宿命乎，奴役人与物，也被人与物奴役

业障也，杀戮，终将被杀戮，无止境的劫数与纠缠

已经成功死亡了五十一次。还得继续死，死中有生，继续生

凡卵生、胎生、湿生、气生之有情无情物皆如此

但我从今往后，须努力守住自己的城池，不可无中生有

不可以虚构、制造，甚至销售荣耀、仁爱、骄傲之类

以增加人世的混乱

无，乃至明大美之国度，倘若我字产生，跨出半步，就是恶

所以此生，只需在安居的时空，以邻为神为友，不欺不诈，尊之敬之

直至蜕去人的面孔与躯体，进入大地之轮回，与前世今生的

亲人、兄弟，以草木、山果、蝴蝶、青蛙之面相逍遥相处

如是文字，就是我五十一岁寿辰自我灭度之祭文

2014 年 10 月 22 日

中山公园的秋天

长假容易滋生怪异之事
当小心，不乱饮井水，避开蛊毒

老去处是灵魂的出口，使人乐意陷入
从南新路北行，至关帝庙，入新安县旧衙门
过鸦片烟馆，旧时代，秋天的背面，有陈腐的气息
迎面侵入骨头，颠覆肌体
渴望看见飞鸟折断翅膀，马失前蹄……

但是，今日，我说："正门！"
中山公园的正门，就向我走来
有遛狗者牵着狗盯上了我
"先生，你吃狗肉吗？"
"先生，这个世界谁是主宰？"
我用手指天空，遛狗者摇头；我又指向我
遛狗者牵着他的狗，立即逃遁得无影无踪

几只鼹鼠和一条毒蛇，也从洞穴和阴沟里探出头来
好家伙，比地铁上的扒手，比唯恐天下不乱者，好多了
不承认不行，有对春天与秋天都充满敌意的人

终于看到：秋天越来越高，秋水长天，高过星辰
化身为巨大石雕的中山先生，依然在关注民生的疾苦
他正在回来的路上
好久没有见到李白、杜甫二位诗兄了
听说已从唐朝出发，绕过了安史之乱，指日抵达

总算明白了平庸诗人的浮躁与大师的败笔
幸好爱上了素食，需要革命的原来是自己
长期以公园后门为正门，曲径幽暗，心也阴晦
可怕的惯性，带人偏离快捷、开阔之境
十余分钟，即可跨越深南大道，直达荷兰花卉小镇
对于治愈抑郁症，散步的方向是有讲究的

2014 年 10 月 8 日

穿越观山湖访友

是无名溪流引导，才进入白云生处，且止步于
溪水消隐的岩洞：一只黑蝴蝶正禅定在一茎蒿草之上
以虚无之境看我

把拍摄状态的手机放入衣袋，倍感羞愧
这山水草木与生灵之间的奥秘，我何时才能读懂

一枚松果从秋天的高处落下，惊起一阵蝉鸣
抬头，被山峦阻隔的市政大厦、花园住宅，恰如千卷经书
而云雨巫山、生死得失，已然汇入千百则世人难解的公案

蓦然想起，有深居山中的好友
神交多年，竟忘记了其名字与姓氏
唯秋风中的玉米林摇曳依旧，溪水下游有残余菜根
却疑惑不解，曾经的柴扉，已换成了智能的铁门

我遂回头，执意于迷失

以等候多时的那只蝴蝶作为灵魂的入口

太阳已高，计步软件显示，已走了一万八千步

这观山湖多么宁静，能清晰听到故人远去的靴履

从唐朝至今，行走如风的，不应该只有我一人

2014 年 9 月 2 日

居一格月

又是中秋。今夜，深圳的月亮，最先照亮了贵阳
漫天月光里，有桂花、火腿、莲蓉，有母亲的配方

看到月亮，就想念千山之外看不见的人，是否被月亮看见
看不到在看月亮的人，就在遥远的江湖，呆呆地看月亮

月亮在频繁变脸——
（父母、兄弟、姊妹、子女、师长、挚友、恋人）
月亮有两个面，异乡和故乡

今夜，我看见的月亮，不仅仅挂在天上
不仅仅照耀着东方和太平洋
这是说汉语的月亮。月亮
照耀着污染的河流、教堂里的祈祷、谷禾、牛羊
照耀着阳光下的邪恶、无敢言的愤怒、真实的谎言
月亮，在李白浑浊的酒杯里，在杜甫苍凉的泪水里
在聂鲁达绝望的情诗里，在贝多芬命运的交响里

月亮，见证了人的自大与疯狂、龌龊与肮脏

久久地仰望，月亮就不是月亮了
大地敞开、天空高远，宇宙乃人之镜像
照亮我的，是呼吸和跳动的心脏

好一个中秋月！读懂了人与天地的契约
终于明白
什么时候应该供养，什么时候可以讲经
什么时候必须自己种菜，什么时候可以生火做饭

2014 年 9 月 8 日

百花湖上同学会

当电波传来邱凤林、刘枧念祷的咒语："念念不忘!"
我看见，有几十盏灯在照耀着我，我还活着
三十年的时空穿梭，五十二千米的生命高度：危乎高哉
尽管我练就了一身本领，也一直保持独来独往的品格
可渺小的身躯，仍然只是一支千古不动的飞翔之箭

百花湖上有法会：老法师们端坐在堂，脸上有春风
徒儿们纷纷云集，自带衣钵、车马、经书
居一乃离经叛道之人，当年误以为跟随游老、成枢、春阳
不能破解万物之诡秘，遂弃山而走
以致绕了弯路，大暮酉时才背负一身劳顿赶到
所以斋饭已是残羹，师兄沙门们便以酒水罚之
这厮哪管这么多，他明白，法乃隐藏在木石、屎溺之中
何况美酒，何况顽劣小比丘只有皮毛的拳脚与棒喝

百花湖曲径通幽，金清大道、清镇古镇，一路好山水
此地处处可入大地之门，物物是入口，有游艇、麻将、扑克

今日来者，始于南北，多属牛、猫、兔、龙、蛇兽类一族

有当初被桃花云雨打开之人，有士大夫、商贾、诗人、玩偶之家

三十年，瘦者没有胖，恶者未入魔，入佛仅仅一步之遥

法师们则深谙求法之道，根本不讲经，只管与徒儿们游玩胡闹

但法会真的不能少！虽然你来不来一个样，见不见，你还是你

虽然百年前与百年后谁也不是什么东西，最多是鸟样，虫样

所以，那个没有放下的潘少友，折腾不到火候的孔祥林

一定听不见尘土中胡方文爽朗的大笑；更看不到晚会之上

舞态丑陋至极的柴地主，道行有多深

但法会真的不能少！人境之美妙，拈花微笑即可传达于心

但美眉们的玉体和梦想，男人们伟岸的汗臭和拖泥带水的脾气

没有百花湖，这些文字，怎么可能如此诡谲、诱人

2014 年 8 月 11 日

在荔香公园找到自己的消息

一只老鼠穿过甬道，我确信它也是宇宙的使者
便投以谦卑的目光；对自己心生悲悯，深呼一口气
让生命对世界敞开

挂满枝头的荔枝，在过去的经验里，定会被目光
剥光衣服，露出妃子的肌肤
而眼前飞舞的妖冶蝴蝶，必将与我发生一场游戏

来去匆忙，无以复加的行者，我脸上也有神的图案
当天地之气受孕，我凝结成型，从泥土里跳出来
从最初的愉悦，到万千次恐惧的快意，直至坦荡寂灭
没有终点，也没有死生，只是使命的呈现与消隐
自然之神殿，乃无中生有的宏大建筑与交响
你也是不可或缺的一环，一个元素、一个部件

造物是美妙的，我们质地相同，命运亦然，何罪之有
没有谁应该承受无端的亵渎，滋生鄙视和诋毁

我忏悔，我是反复无常之物种

但我有纯洁的早晨，有清风垂示——
人间如此贫穷，所谓拯救，不是穷尽的命名与利用
珍宝终将腐朽；盗名欺世，乃源自人的寂寞和猥琐
大地，一直是填埋真相的垃圾场

终于有了自己的消息，在这个公园
我与万物互为转化，互为复活和托付
天地万象都是宇宙的文字和生命的投影
一花一草、一木一石都是我的微笑
一万个禅师隐藏在我的名字里

2014 年 6 月 11 日

在阳台赏仙人球花开

淡雅的白花，与梦里一模一样

它来自天空，与雨水和万物同根

在悟道者眼里，也是菩提

可是，从昨天到今天，都没有自己的踪迹

"大师，怎样才能与自己取得联系呢?"

"等你如仙人球开花的时候!"

有声音来自天上，一枚星子在诡笑

"看你这只虚空的容器，内部的黑暗

随着你走到哪儿，在不断膨胀!"

当然要填补这个洞。与人疯狂发生关系

只是你太容易激动，愤怒

太需要他人的赞美和肯定，甚至谩骂与诋毁

你款待新朋友的格调和绝招当然是有效的

最了解明星、街坊无赖和流氓的，莫过于你

你还制造各种社会关系，制造海啸般的爱情
你热爱国家，对大伙指认的敌人刻骨仇恨
但结局都是一样：世界，增加了一只垃圾桶

万事一念间。轰然坠落的，不是夜幕，而是虚空
你浑身散发出仙人球花瓣吐纳的神秘香味
"蝙蝠，吃茶去！"
终于听清楚，是赵州老和尚

2014 年 5 月 19 日

火

一丛鬼火在荒郊乱冢燃烧，这说明，人死后
只有少许孤魂，能举起骨头里最后的火焰，为自己照明

行走在大地上，与太阳对视，眼睛就一片黑暗
我已经不会微笑，也忘记了歌颂
跻身在一群行尸走肉之间，不知道谁是赶尸人

有人高举擎天火炬照耀着摇摇晃晃的大好河山
啊——令人生畏的伟大的纵火犯——是他们
点燃了我的血液，吞噬了我内心的火

"玩火者，必自焚。"
从小，我就交出了所有逻辑、公式、衣服和骨头
我甚至扔掉了火石与火草
我还嘲笑烟鬼的邋遢和不轨

世界越来越干净，到处都是火葬场

唯一的机会，就是在人的生活还没有山穷水尽
赶紧把鬼的精神来演绎

必须立即从骨头里取出火焰
来一场蓝色的革命

2014 年 4 月 8 日

大　地

大地就是人

我这样说，是要劝慰在黑夜无端恐惧与哭泣的人

一万年来，竹子还是竹子，一枝一叶也没有改变

一花一草都是人的眼睛和身子骨

山羊是人的淫欲；蛇喷吐人的毒素；狗尾摇摆人的奴性

坐在丛林高处的老虎，不捕食虎犊

它从来不讲仁义

大地从来就不是人，而是人的结构

它由伟业丰功、荣耀和镜子的反光构成。它的内部

有征服者挥舞刀斧掠夺他人的女人和黄金

也有铜标铁柱从不下跪，骑手马革裹尸

有无数铠甲和刀剑饮血止渴，把史诗浸淫

大地从来就不是人，而是天之盗贼

大地，至尊而无我，"损不足以奉有余"

但是人是坏孩子，师法大地而反盗之

盗取万物、盗取他人，甚至自盗

人，发明自我，高比北斗，小他人，自囚为奴
人，发明国家，鼎为神器，伐畜生与人头为祭品
发明圣贤、美色和爱情，使人无知、淫邪而乱世
使生命的美妙和自由背离人德，隐匿或逃亡

辽阔的大地，由所有生命的尸体腐烂而成
我是吃了祖先的血肉狂乱奔走的子孙
我是黄色种族的容器，说着难懂的汉语
我否认自己是暴徒、卑鄙小人，做肮脏龌龊的事
凡我所见到的，都是好人
凡你所听到的，都是美妙的言辞

人就是大地！我是从云天之外回头看见的
你也可以穿越大风烈火。你也能够看见
但现在我要说：人不是大地，大地也不是人

2014 年 3 月 23 日

车过怀集

一辆牌号为居一的老雪铁龙，疾驰在两广高速
你无法想象它会打瞌睡，愤怒，是一个醉汉
视其他车辆为障碍、对手

车过怀集。贺州新开通的高速有如顿悟
让人怀念国道的老旧，曲折和缓慢
怀想毛泽东时代，民国，李氏盛唐，刘氏两汉

这一切已经过去，似乎应该忘记
为了快速抵达，它选择了广深沿江高速
可 GPS 导航制造了一场闹剧——从四会到三水
下高速，上高速，再下又上，绕了几圈
3.0 时代，竟然没有升级原始的版本系统
（佛教、基督、儒学亦乎如是）

但公路不可能自己高速飞驰，汽车也一样
人车合一实在是难以造化之境

这样说吧：车，代步工具；人，亦舟亦楫
生命的真意大概如此

车到服务站。加油，稍事休息
有服务生悯人似隐者大德，以眼神询问
"居一，你这是去哪儿？"
（真怀疑是六祖在上爱岭禅定出窍）
我微笑不语。仰天，俯地，回他以注目礼

老雪铁龙很明白，自己不是谁
不在哪儿，无任何去处
于是决定，不用着急，就这样吧——
不看时间，不预设目的地，也没有紧要事
就这样，随意地行走，到哪儿是哪儿

2014 年 3 月 18 日

松山湖之恋

湖在山上，呈男人抱捧女人之象
万物没有动机，总在相互感应、契合、阴阳流转

灌木丛中腐朽的骨殖和羽毛在滋养无名的植株
人不以禽兽、木石的方式放弃和接纳

山光水色的幻影颠来倒去
我丧失了真面目

被大地之气在加速度！踩滑板的少男少女争先而恐后
桃花妖艳至极，不知生命的前头是无限的悬崖和虚空

我感觉到骨头在风化，肌肉分解枯朽
飞鸟、鱼虾是我的前生和来世一定不是虚构

山风吹进心的缝隙；地穴深处的湖水贯通宇宙
我与生活了二十年的女人一起，游荡在松山湖

夕阳是按摩导师。我的颈椎上有雌天鹅长颈的柔韧
她说："你也长出了雄天鹅的尖喙!"

一阵天鹅的鸣叫自我的胸腔飞出,扩展为无限天空
辽阔、湛蓝,笼罩整个大地

"这儿适合厮守,有粗茶淡饭,有搀扶即可。"
"这儿适合读经,采药,在云水中修持。"

"不可能了!那讥讽或赞美人的建筑、典籍、酒色
那有救世主和恶棍出没的大街小巷,才是最好的道场!"

"是否没有名声,忘记自己是人,就把恐惧消除?"
"瞧你这头熊,一定能喝干这小小的松山湖!"

2014 年 2 月 26 日

上课前想起道德经第 41 章

冬至一阳生，雷霆运行在地下，井水温暖

谁秘藏了人与天地的古老契约

大地繁殖的牛羊、猛虎和狐狸比人类纯洁

雪澡的灵魂倾听着圣哲的言辞

寒气穿透膝盖骨。我突然有了关节炎、名字、钓鱼岛

雾霾笼罩的大好河山一瞬间变小，家天下，姓曾

我身体里某个隐秘的角落有留守儿童和孤寡老人在啼哭

有人在天上哈哈大笑："阳光、空气、时空是不讲道德的！"

每一株野草的体内都流淌着征服大地的绿色血液

为人者师，手中的教鞭是用来释道和健身的

一言一行，当诗化为救己度人的教科书或烹饪学

通往教室的甬道铺满鹅卵石，有真理的质地与温度

舍利子更美

2013 年 12 月 26 日

被一只虱子隐喻

一束微弱的光线向我探照而来

它来源于我少年时代的脏衣服——在翻卷的裆襟

——白色虮子之间——在一只坐禅的虱子

——黑色的脊背上

迷魂而甜美的血腥味已然消失在空中

算子、书本、瓷碗、石桥、果树、白塔

以及低空悬浮的云，被一一照亮

这只入定的虱子正完美地进入我的寂静

它的身体打通了时空隧道的入口

在这阴消阳长的霜降时节

象征万物：在报道生命的消息

蔑视、自卑，甚至杀戮是可耻且不可饶恕的

追逐命运抑或躲避命运多么滑稽、可笑

人性必须革命！人这器皿还太粗糙

与你我一样，这只虱子，也只有一次

只一次，就转瞬即逝，永不再来

它卑微的皮囊里，也有十万火急的命令

它细微的心脏，有着不可思议的承受力

我们一直被物象所欺骗

被风云雷电激荡，因春花秋月吟哦，为美丑生死唏嘘

这一切都是虚空的，没有过去，也没有未来

只有物与事的关系，只有我们之间

那不可看见、不可触摸，永不现身的天地之气

它一直游荡在无限空间，在草木、在虱子的体内

我们总是企图以语言、建筑、艺术的方式使它现身

却没有谁能够把它抓住，没有谁能够拿起来

只能穿越，只能忠实地做它的情人或者配偶

不可怨尤、言说，无须歌唱和赞美

只能用心，默默地感应、倾听

恰如现在，我俯身在一粒尘土的最低处

被这只虱子完全打开，与它互为隐喻

与不远处木匠的斧头、农妇的种子互为隐喻

出入于祭祀、婚礼，知日月、识善恶

浑然不觉自己，是鸟粪，是蝇卵，或者确实是人

2013 年 11 月 4 日

大南山

你非仁者

大南山从来不寂寞。大南山下
有条向南路，我曾经到过，没有上来
那儿，有弗罗斯特写过感伤的诗
有杨朱在岔路上哭泣

大南山顶有蛇口工业区和深圳湾不一样的太阳
有白云耿介拔俗，空气和草木尚未尽染人气
蹲下来，随处可见无名小花神游天地之间
超然于人无法挣脱的城市、荣誉、酒色和恩怨
逍遥的山鸟，视远处飞扬的纸币为落叶
视大街上飞驰的香车宝马，为快速风化的石头
羊啮草，能够听见天籁的神灵的声音

行走大南山，秋色秋气呼吸于胸，横贯南北
你猜想古今过往的隐士和名流，或真或假

你想象大地山河塌陷，万物进入玄妙之门
你哈哈大笑：你有几多卑鄙和伪善
如何欺骗了这山上的荔枝和鸟鸣

终于明白：半山别墅登山口是堵塞的
山上的流泉是藏匿起来的
低垂的丛林之所以要掩盖山路
斜横的树枝和飞来的蜂群，有无名的愤怒
你的脸昨日青，今日黄
"代价太高了，干吗犹豫和逃亡！"

2013 年 10 月 29 日

大火比诗稿更高

大地火禁，人们到处奔跑，小木匠不见了
我找遍阿斯加①和东荡村的所有酒馆，都没有他的踪迹

聚集在殡仪馆，在一个叫做吴波的人的灵柩前
朋友们饱受打击，耳目失聪，脸色发白

小木匠走了
带着他的烟斗、斧头和酒盏

他听到"天堂的栅栏有一根木条断裂"
他迅速为一粒种子脱下了外衣

"我深知羚羊挂角，用力恰到好处
我只是提前绕过了一生"

_____

① 此诗是悼念广东诗人东荡子的即兴之作，"阿斯加"系已故诗人的一部诗集名。

"请不要奢谈死亡和爱

生长在蛊毒之乡，我至今没有弄湿鞋子"

"生命没有障碍！微尘和罂粟籽不是

须弥山和大海也不是！我放下了草帽和胡须"

"思考是危险的，一言一行是危险的

你的朋友和诗人东荡子，已经从此消失！"

"世界业已失火，兄弟，你明白

只有房屋、书籍、马匹和肉体才能够救火！"

啊啊，我看见了，比黄金昂贵的是骨灰

比骨灰更高的是诗稿，但大火比诗稿更高

此前我病入膏肓。现在，突然痊愈

这一百多斤的饭袋子，正是大地和宇宙的入口

2013 年 10 月 14 日

在南海平沙岛互动催眠

一群病患者，夜落平沙岛

平沙岛被忘川阻隔。过了渡口，不识归路

岛上有奶牛和跑马场，木瓜和走地鸡是前世的老朋友

环岛堤岸的草丛里有母蛇亲啄破壳小蛇出世

平沙岛没有交通警察，没有时间和方向

万物都在梦游。螳螂和夕阳互为催眠师

平沙岛的女主人问我贵姓，我回答

"阿萍，我还知道你叫居一。"

她笑而不说，带我经过一株大榕树

（名曰"教育培训基地"）

让一滴鸟鸣从树冠自由落体，砸中我的脑袋

野花香满路。最先入眠的是跑步者

他背负泰山，神闲而气不定，看沿江奔跑的餐厅

睁开好客的眼睛，一头扎入江水

深呼吸于孕妇腹内，要再诞生一次

草鱼则主动下地狱：刀俎、水火、牙齿
素食者满目是尸体与骨头，执迷于色空、善恶
他前世是鸡肋卡死的可怜虫和野鬼，前程远大
必须大快朵颐，不能犹疑，不能随便被打发

有催眠师在远处发出指令，病友们全抬起头来
大家都看见叩头拜月的黄鼠狼和五百年后自己的脚印
几个人便立即骑上自行车前去追逐
网络少年最是急先锋，迷茫者不知所措
只好顺应惯性，瞻前而不顾后

秋风则顺势拐弯，靠近江边的猪舍
拍照，拍照，然后与猪对话
"哈啰，你是谁？从哪儿来？家族为何如此兴旺？"
"先生，你眼里尚有愤怒和淫色，脸上有神迹
病在家国隐秘和酒；太在乎去处和大师风采
不如我，虽猪形，实佛相。"

唯有一头猪不理不睬，独自大笑
却原来是在专心剔牙，在舌尖上惬意舞蹈
它貌似失聪，很像傻瓜，而非智者

却最懂睡眠的哲学和生存之道

见爷们指指点点，误认为是听到了猪的声音

素食者面对秋风，目扫猪圈和周围腐朽的败叶

"兄弟，酒足饭饱，赶紧走路吧

此地只可梦游，不宜久留，弄出大病来！"

2013 年 10 月 5 日

蝙蝠居装修记

居一，号蝙蝠先生，种桃李于南粤
身微，衣禄甚薄。逐利荣而不可得
居宝安十余载而无一住所。逾五十
心境日渐苍老，房价指数日益虚高
举目四望，大地竟无一处可以出入
再注目，竟发现贵阳金朱路段有一
钢筋混凝洞窟。遂按揭为养老之用

置三年，装修之意渐浓，骚扰电话
恰到好处，即于癸巳年申月至筑城
装修公司如云。设计师们武艺高强
高谈后现代时尚、纵横中欧式格调
他们精于尺寸、色彩、材料、空间
最善于打折做套餐，视客户如盲者
他们步步为营，手持胡萝卜加大棒

夜深静坐，仰望星空，先生喟叹

"夫天地者，生命之大寓所，肉体，乃小寓所
噫嘻悲哉！人啊！比草木，比蝼蚁，比兽族！"
先生看见，时间正剥蚀着万物之色彩、结构和形态
人，则逆时间而行，喜于物，醉于物，亦毁于物

在偕夫人建材市场十日游之后
先生删除了所有设计师和夸张的材料
回到木质状态：他只喜欢木工、泥工和水电工

"穷困者之游戏；燧人氏还是难以离开的。"
蝙蝠夫人自嘲；居一则自语:
"既然庸俗得如此不完美，就不要再反向用力
蝙蝠居，乃我的躯体。当与我同格、同气、同质
岂能让他人借尸还魂，制造敌意！"

2013 年 8 月 23 日

秋日，父亲寿宴林场农家乐

五十亿年的激情与一百年的忧愁使人不知所措
天地一囚室。但山川之气和草木之香的确真实不虚
孩子们邀请夕阳踩滑板，与飞鸟划出同样的弧线
妯娌们在搓麻将，把家常和亲情从锅里舀到碗里
老爷子白眉舒展，手握清风，提壶煮茶
笑谈《圣教序》与集王右军书法的小沙弥

陈年茅台，配备得很充足
粗茶淡饭竹荪酸菜腊肉走地鸡乃农家乐之真趣
一个人老了，要坚持走完夕阳和黄昏
以一盒蛋糕为轴心，看满山多少树木的年轮在旋转
以大南山为背景，一滴雨悬挂在老爷子的老花眼镜上

子女们的膝盖，这时候是最柔软的，四面环山一齐上升
父亲的高度已经是七千米以上海拔，危乎高哉
他正身处树冠，口衔树梢，脚手似有凌空飞跃之势

我们躬身在下，在左右，从不问答，也不唏嘘

好在他也善于攀爬，且步步虚则实之

虽耳背眼花，却不思岁月白发，不及于物品和人事

却爽朗大笑——

"瞧你们，多么迷糊，不读经、不问道

竟忙于香车美誉，蹉跎大好时光！"

2013 年 8 月 18 日

与贵宾诸兄弟相聚六间房

一酒桌山中珍品

黑木耳、竹荪有风的骨；蕨菜、走地鸡有山的魂

——这些入世者是完美的

(那些不刻意游离出刀俎和厨庖的出世者，也是完美的)

兄弟们为我回黔避暑——举杯

仕勇"山"高而小友，阔论"君子之交当如水，茅台浓度不够"

诗颖痛风，转了一圈还是喜欢看黄瓜与西红柿打闹得鼻青脸肿

克亚乃"黔地贵族"，在文件中憋屈了二十年

身染政治病毒，正力图从圣贤处求解脱

贵宾与定邦，自始乃胸无大志不怕肝硬化之人

最敬父母，最爱亲人朋友，特立独行，乐天知命

纵是忙时，也读些书画，且流水高山，以虚度人

酒到高处，诗歌朗诵的分贝自然也高

对好诗与人生成败的争论纯粹多余

酒醉心明白是值得玩味的一个问题

习诗，如吃茶，煮酒，也如达摩面壁

或风雅，或习惯而已

我已不是早年的骚人：一夜与蚊子作战，睁着眼睛睡眠

有兄弟问："如何才能够心如明镜？"

我大笑："从深圳到贵阳，来去一阵风

这一路有酒香，也有烂醉之后的酒嗝

明天的六间房不是今天的六间房

六间房旁边是南明河，南明河往东是阳明祠

放牛五十年了，我最想回到牛圈里！"

2013 年 7 月 2 日

听巴赫《布兰登堡》

"每天的第一件事必须是《布兰登堡》。当你醒来
一定是《布兰登堡》!"卡拉扬这么说

这些大大小小的潺潺溪流,从四面八方涌来
从阳光、从白云和蓝天,从榕树、从我对面的南头古城
这些属于卡尔·李希特慕尼黑乐队的完美乐器
大提琴从来不知道自己是大提琴;钢琴和长笛也从来
不用声音去证明什么
它们只懂得摆脱浮浅和单调,懂得平静和敞开
懂得巴赫

伟大得近乎陈腐的巴赫,令莫扎特和贝多芬不时抬头仰望
这位流浪乐师,从教区风琴手,到利奥波德亲王的乐长
对于自己,从来就没有写过一首曲子,只有磕磕绊绊的生活
主啊,命运总是颠三倒四,荒诞不经
在卡尔沙特温泉,遇到一个最能够听懂自己的人
并且写下这首曲子,然后,任他束之高阁,谁也不去演奏

然后死去

直到这首曲子在百年之后醒来

老巴赫又重新活过来，再也不会死亡

今早，一遍一遍的《布兰登堡》

我已经听到了巴赫不再是巴赫

听到了我血管里每一条无名的溪流

它们知道山高路险，知道流浪和美好

也知道一马平川和一发不可收拾

它们知道，自由必须彻底容纳在一滴水里

但永远不要局限于大海

今早，我属于《布兰登堡》，同时

也属于一壶偶然得之，上好的中国禅茶

茶香为诗。当然，不似《布兰登堡》之于巴赫

2013 年 7 月 11 日

仰望弘一大师

人之婴儿时像人，后来便渐渐不像人了
能够修持到七分像人者，亦当属圣哲伟人
前日与友人妄谈你圆寂前"悲欣交集"
昨夜就在梦里观摩先生挥毫，以字为镜
及至会意处，便与你开心微笑，形似故知
醒来惊诧：我本才疏，性急，恣狂之人
常失言，失谋，失足，趋名利而近灾厄
近年来使出浑身解数，稍致谦退恬淡
但依然戚戚而不大快，且有俗事自羁自扰
人生，生死是大，生当为死做足功夫
"如临深渊，如履薄冰"
"须是闲时办得下"，"休待临渴掘井"
所谓品质的贵贱与精神的光芒
宝石之砥砺与磨炼即是
如你谱曲，演剧，恋爱，出世，讲经
来去如风，坦荡如江河，笃实如月
不卷半点红尘，随时驱散云雾之矫饰

大师，百年一十三之后梦见你，当属神迹
令我立即刷牙洗脸，猜度天机——
只听见历史的大峡谷你渐渐远去的足音
抬头，在万仞之巅我唯一的出口
你竟气定神闲，遗世独立

2013 年 7 月 4 日

柏拉图的诱惑

执笔于纸，我以龙蛇之气
旋舞为宇宙急速坍塌的星云
"宇宙总是按几何学办事"：时空弯曲
七十亿光年的大小正是我的意境
"宇宙很轻"

人之初，都是真如
且同时活在梦幻、现实和潜意识里
满世界都在制造垃圾。只有冒险家才去捡拾
并发现人的真相和秘密——

老师，你自幼饱受诗和艺术的熏陶
毕生才写就一部大书，虚建了自己的帝国
干吗要以真理的姿态，把荷马驱逐出境

这个虚构的审判太红色幽默
它让我险些用头脑思考，跟在三流诗人后面

去颂神、赢取美酒、爱情和庸俗的桂冠
它让绝大部分投机者失魂落魄，堕落为好事者

"诗歌才是免费的午餐"，居一说
真正的诗人，是最高的王和厨艺大师
他总是独自进出宇宙无边的餐厅
为世人烹饪灵魂的绝味小鲜

一个词即是一个不停演化的发光天体
膨胀，或者萎缩。蕴涵着生死神秘之气
其锋刃，是人性之光芒，是探险者命运之舞蹈

2013 年 5 月 3 日

寄语女儿

葡萄架下，一局精彩的博弈，令围观者惊叫不已
坐在葡萄树上的一枚葡萄，则观棋不语

作为一枚果实，葡萄一直被美好驱动
沿着自身神秘而封闭的轨迹，靠近内核，抵达丰盈

但种葡萄的人，却一直在担忧她体内伟大的酶
在想象，葡萄青涩的孤独与苦痛
在恐惧，葡萄被坐在阴影里，被坐在风暴的中心

墙外，日晷一意孤行，有江湖郎中在高声叫卖济世良药
一个父亲，通过一封长长的家信
在与孩子同时成长

既然没有上帝，就暂时没有吧
生长的葡萄，不需要明白人的国度与商品世界

人，应该远离人来生活
比如，仰望一株草，脚趾在风沙中长出根须

2013 年 5 月 28 日

死亡是一项伟大的使命

今日是波士顿爆炸案第十二日，我死了三次

今日是芦山地震第七日，我死了一百九十六次

那么多死亡都是我的死亡

那么多厄运都是我的厄运

那么多鲜活的生命，不是一场梦，已经变为一场梦

一个亲吻、一支乐曲、一场电影，不是一场梦

一场诗歌朗诵、一次飞行、一杯美酒也不是一场梦

但可能是梦的入口

一只飞鸟婉转的啼鸣意味着一次看不见的杀机

一次爱恨交加的冲动意味着一颗心脏也许要停止跳动

或者就是一次政变，一场没有正义的战争被拉开大幕

人在世上，就是在一间叫做肉体的房子里面不停徘徊

思考着如何走出去，如何冒险，把生命的自主权紧拽在手

如何在生活中挣扎，把本来就很肮脏的大地

弄得更加肮脏——那么多人把这个世界弄得如此肮脏

那么多排泄物，那么多尸体，那么多建筑与坟墓

那么多伟人与败类：一去不返，不见踪迹

只是人类生命交响之中的一个音符

只是一场宏大的梦中，一节剪接的场景

但爱是使命，至善是使命

但仇恨、暴力、邪恶、专制与冷漠是反向的使命

已经是第七日，安息日，可以礼拜，可以创世纪

一大早起来，我洗了一个冷水脸，再沏上一壶茶

一屁股坐在沙发上，也就是坐在大地上

我看见自己坐着一枚核弹，酷似诺亚方舟

一万年之后的地球，静静地悬浮在宇宙中

内心的恐惧和残杀，真美

没有人类的痕迹，多么惋惜

时间之箭不可逆

一只幼虫在化茧成蝶；蓝色的蜻蜓继续在水面产卵

人，能否从一条精虫里再次钻出来

2013 年 4 月 27 日

来自希腊的猫头鹰小饰物

老同学自雅典回来，赠我以一猫头鹰小饰物
其质感与一张选票相当，蕴藏苏格拉底的能量
有神话、雕塑之光，有海伦之神秘、荷马的忧伤
其后，是爱琴海的天空，蔚蓝、高远
不同流向的海风交织有序，各种海鸟言论自由
但宪政民主却遭遇债务黑洞
危机已经席卷了西班牙、法国、意大利

"什么是猫头鹰的智慧？"突然蹦出一系列词语
"小媳妇"、凯恩斯主义、撒切尔夫人
不是王熙凤或者贾母。左右都不是
希腊在紧缩、减税和增福利之间摇摆
向美元学习，透支国际市场和主权信誉
我们在"营改增"，完善社保医疗体制
出"国五条"：让血汗免于蒸发，支撑巍巍地产

老同学与我相视而笑——否极泰来。她说

"自达摩始祖西来，久晴不雨，草木枯萎

直至慧能到达黄梅，大地才又复苏，欣欣向荣。"

"二十世纪，来了马克思，毛润之心领神会

现在呢，世人都信奉'货币战争'政治经济

西方有人怀疑耶稣，我们则有人大骂孔夫子。"

太阳升起又落下；东山在大海上行走

我把猫头鹰小饰物吊在汽车钥匙上作纪念

它不是护身符。我有楠木刻写的《心经》

今年五一高速免费，应该感恩，不占便宜

按时缴纳了个人所得税，我总算做了人事

沧桑半辈子，我有三宝：自食其力、俭朴、寡欲不争

2013 年 4 月 15 日

一场肺病之后，跑到海上田园

半个月的肺病，有如是心得

初病，小麻烦，有我之境

大病，镜像之境，挣扎状

病入膏肓，人病合一，与天一体

但距离渐顿状态尚有一步之遥！远不及

陆象山，十三岁就气魄非凡，"宇宙即是吾心"

虚妄之人，发誓要格掉天下之物

海阔天空，雷行风上，眼里有《恒》卦之象

我的开怀大笑亦如近旁之人的无端呐喊

花鸟鱼虫，山石雷电，皆与人息息相通

生死一体，痛即快，天运之旋律，无言之诗

时值暮春，想约上几个兄弟

爬山、游泳，祈雨、放生，或者，仰观天象

人不可以太痴，不可以自欺与狂傲

孔子说，我欲仁，仁乎远哉

2013 年 4 月 14 日

2013 年自画像

那夜，与某法师吃斋，他慈悲，如此度我
"先生，乃艳阳天下手持烛火行走之人
火焰已经进入蔚蓝之境"

其时，有无名神识端坐在头顶三尺之空中
在审视我

这矮个汉子，只有几根鼠须，眼睛里
尚有淫亵之气、愤怒之毒、欲望之火
他幼时熟读《论语》、《诗经》，尤其敬佩屈原
入学后读鲁迅太多，后来认识怀疑病者尼采
这可了得：上火、牢骚了三十年
与天斗，与地斗，与权力、荣誉和人民币斗
吃着碗里，看着锅里——至今
仍然没有改变寒门出身和无产阶级

好啊，现在，败下阵来，不得已

心气平和，想动怒也提不起元气

偶尔寄身友人和江湖之间，混几盏淡酒解闷

兴致来时，就表演保留节目：家国天下，情系苍生

更多时候，则蜗居寓所，偷偷思考脆响的骨头

如何抵御寒暑：不是点穴，就是拉筋和艾灸

一个没有理想的人，止于困难和荒谬，如此而已

后脚尚在师门之内。仙佛之地，不敢冒险挺进

还好：自知诗歌写得很烂，很少拿去骗人

权当调气养神的呼吸之道——故而

走到哪儿都在随身携带的书卷上鼾声四起

且常常从梦中的好句子上陡然坐立："拿我笔来！"

2013 年 4 月 1 日

元宵节，与妻在家进茶

子夜。沐浴、冠戴之后

煮水、开壶、净手、轻取茶匙

请妻子坐在茶几对面，笑而不语

窗外是深圳西部的天空，风正一月悬

她略示倦色，恐惧咖啡因，审视我

依旧是二十五年前那一个平头发型

熟悉又陌生，唯体温和气息的节奏

一直没有丝毫变化

满城灯火阑珊。屋内一片静寂

没有主客，没有奉承、赞美与自大

更无须西装领结，讨好卖弄

非独坐胜似独坐；无佳客却更胜佳客

青花瓷杯与紫砂壶间，有云雾之气和日月之魂

从岁月深处徐徐溢出，霎时充盈了屋宇

链接了心——与呼吸——与血液——

倘若吟诵出来，便顿失真意

抬头，四壁之间并没有名家的字与画

物至简，水至净，火至青

这茶，在水与火与人与神的完美契合中

竟让人——忘记了自己是谁——现在在干什么

妻子神会，见我正欲快语，轻轻挥手，连嘘两声

她一直是我每首诗歌出炉的第一读者和鉴赏人

这人间风流，只有她和时间知道

这茶境之奇险陡峭，只有茶与水知道

但是她还是她，我还是我，茶还是茶

这时候，她是否想马上梦回少女闺中

或者撒娇，推门而去，独自拂袖赏月

至于我，根本不想从茶境中出来

恰似行者不思故园；诗意隐身于生活之海

经书必须深藏楼阁，非自性者，不闻其香

2013 年 2 月 25 日

意　境

23 日，奥巴马在国会山的国情演说激情洋溢

他爱美利坚和选民。然后是仰望耶稣的人

他还要再体验素食的妙处

1793 年，路易十六的头颅滚落在巴黎革命广场

他的眼里没有死亡，嘴里的话散落一地——

"我宽恕我的仇人：你们，不幸的百姓们……"

关于生命，我更多想到飞禽和走兽

它们是畜生，不知道自己

它们被驯养、杀戮、端上餐桌

而人，则一边剔牙，品味它们的肉质

一边梦想它们飞翔、奔跑的自由和优美

至于真理，从电子微粒到浩瀚天宇，从来就没有现身

她渗透在苍蝇、大象、恶人与僧侣的毛孔和汗渍里

她一直有效，不需要保护，也不会为谁说话

金、木、水、火在生克制化之间流转

血液、流水和光，是囚禁不了的

生命之神秘在于，无论置身六道中哪一阶级

只要内心有神迹，就有三维之外的河流穿越身体

如我现在，独坐钰龙园寓所的阳台

有莲花飞升的速度与光芒

啊啊，寄生在万物之中，旅行于无限天地

居一不说：我们谁也不是，谁也不认识谁

时间之美，在于逝水、无常、推演万物

人境之辽阔，在于悲悯、敬畏和行动力

在于可以把天地一口吞下，并且完全排出体外

不留下任何衣钵和毒素

真正的革命家就是心怀仁爱的行者

他没有被恐惧、贪婪和愤怒劫持

造物主，从来不收取他的旅行费

2013 年 2 月 2 日

2013 年 1 月 1 日

睡到午时，妻子呼唤吃早餐

一脚踢开梦之柴门，浪子回到故乡

但还在梦语："我做了邪僻事有救没有？"

妻子嘻嘻："你现在哪儿？"

2012 年就这么过来

重感冒一次、拉肚子一次、醉酒一次

算来是第五十次了

拼了半生，还是一个活死人，时常患痴呆症

一直靠诗歌的药石维系生命

曾经发疯追求名利，积累了许多内伤

后来读经，发现坐禅是虚假的

世界是一头走动的大象

一直不认识自己，还没有跳出自己的掌心

魔道幽暗，但愿不要继续走火

也不可穷古论今，租赁脑袋给他人做跑马场

2013 年 1 月 1 日

读《道德经》走神

居一端坐在办公台，为解除一个电话的烦恼
把工作放在一边，拿起阔别已久的钢笔
抄写《道德经》之三十九章、四十一章
既享受、体悟汉字的书写之道，又做一回老子

须臾，羽化登仙，从 2012 年到公元前 500 年间
从深圳西部到钟南山的清泉之上、流云和不老松下
老子，居一也，一具古尸，在平静地呼吸
作为天地的一部分，无中生有，无始无终
五尺之躯，水也，物质流转形态之千古一瞬

（1927 年，德布罗意一路敲打我的生命之门
在波粒二象之间来回振动
人的意识，到脑电波而终结其出路）

痛——水蒸发或结冰或奔流即是痛
小鸡自啄与母鸡同时啄壳，时机把握最佳又如何

欲——畜生和禽鸟随春气动而发乎情而生殖即是欲

吐故纳新，被艺术家歌唱得无以复加、荡气回肠

那一日，从周天子的国家藏书馆逃出来

骑着青牛，一边云游，一边讲学，到了函谷关

被关尹拦住，留下了五千言废话

犯了"信言不美""善者不辩"之大错

宇宙之诗，天地之隐秘

非任何语种和言辞可以泄露和表达

人性不及物性！妄语、妄为、妄想即是我

天、地、物、民族、国家、宗教乃神器

文明和政治乃千古一闹剧

大道失，法制兴，人伦废，孝慈行

腐败，烽火危机，乃政治家之摇篮

老子是谁？我也，我是谁？此也，你是谁？彼也

风也，水也，云也，雾也，孔子神话般描述的龙也

西洋人海德格尔所言的此在即是

石头、树木、蟑螂，万物，比比皆是

穿行在时光的灯影里，喝一杯清茶

或者吸一口清风，就走过了人类

亿万张稍纵即逝的面孔，张张是我

饱一餐、饥一餐、热一天、冷一天

贫一时、富一时、骄一阵、卑一阵

太阳眨一下眼皮，就过了一个人生一个我

伸一伸手，这上下、前后、左右封闭的宝贝

原来只是一阵风，一阵鸟鸣，一只蝴蝶的薄翅

便想起日常生活中，自己总是太居一

每次用打字，屏幕总显示"拘役"二字

足见此在多么不安宁、急功近利和作茧自缚

突然觉得是一只宇宙飞行器自多维时空返回着陆

正欲大笑，又恐怕惊扰他人，只好长舒一口气

低下头，舍却怨尤、贪欲和智慧

效法百草万物，与天地做一回短暂的朋友

2012 年 12 月 10 日

七沥水库墓园

没有习惯性地爬凤凰山，而是向左
来到墓园：深入这尘世的阴面
这时候不是清明，也不是鬼节

放下圣贤的书和支撑着生活的事
近山，临水，把自己与母体接通
还原到一尘不染的天地之间

妻子惊叫起来
"我们离开大概有一万年了吧？"

不用怀疑！通过我们血液里的绿色基因
就能发现——
满山的树叶，和墓石里的灵魂们
才是千古的醒者

凡来这儿的人，都不得不接受肉体的引领

回到紊乱和喧闹，继续昏睡，做噩梦

2012 年 11 月 30 日

周末戏谑曲

半个夜晚的中国象棋，玩游戏而丧志

结果是肝不适，鼠标手、颈椎痛和不安的睡眠

他从梦里伸出手——做甩手功，拍打左右，各五百下

妻子则是极品搭档，深谙三焦经、心经、肺经、大小肠经

且活用熟悉的拜厄钢琴教程手法

令眼前这个老男人，最终不忍离去

因而无聊，因而自得其乐，其苦，折腾而后痛快

于是明白

自己没有从何处来，也不会向何处去，也不是谁

就在这儿，就这么活着

等待有一天的消失——只需要这么活着

该喝酒就喝酒，该爬山就爬山

早餐是清淡的面条

过午不食真好，很糟糕中午总是吃了就睡上半小时

每到周末，就少读书，少听音乐

就释放一点，就放纵一点，就鼠标手、颈椎痛
然后又是甩手功，又是拉筋拍打

等待刷碗的妻子问他是否考虑装修房子
他的嗓门忽然高了八度："为谁装修？又为谁积蓄？"
妻子默然，笑看着这个且贫且乐之人
他则开始深呼吸，耸肩膀，做李太白衔觞赋诗模样
"夫天地者，万物之逆旅，
光阴者，百代之过客……"

2012 年 11 月 17 日

芒果树格赋

每当下班，停好车，看它一会儿

生命便轻了一点，提高了一分

但芒果树不知道自己是芒果树

它没有目的，不知道季节

从新叶，到繁花，到果子，到落叶

一种境界：在它的眼里，人不是什么

"山色无非清净身"，苏东坡知道了转身

"五湖四海一心空"，白玉蟾进入了解脱之门

已经是十八点，在往家里赶

突然听到莫测在数十里外说

"居一兄，近来的诗作练习……不错"

哈哈，差点上了这文艺老青年的当

我还没有把羚羊的犄角挂到树枝上

话未说完，便记得

昨夜写的诗稿无端被人删除了许多行

且刚好是不纯净、狡猾、小聪明的意象和句子
它们是羚羊的第五只脚、排出的粪便
火药味和犬吠声
（我怀疑与发动机未燃尽的汽油和噪声有关）

到达小区，有人正奋力砍伐芒果树上的枝丫
光秃的枝杆上，秋天蔚蓝而辽阔
一只大鸟自机场起飞，提起了整个城市
落日高悬，乃禅者悟证之物
唯我太痴，误以为斗诗罚酒的酒盏

2012 年 11 月 14 日

梦里告孔子擒贼记

《大象诗志》卷七出刊酒会，诗人沈绍裘问
"我的命运何时显达？"
"在梦中去找。"——"等不及了！"
"等也无用。"
如我，一不小心，于今日未时就活了四十九年
便又念及母难；白日电话没有接通
为人子，行不孝，造化也不力
遂发现站在孔夫子面前，其默然，听我滔滔演说

"夫子，当今世道，达官显贵之所以济世
乃冲着权力、名声、美元和情色之副产品
北辰依然，何以为政？"
"夫子，儒门如此清冷
学子们都跑到哈佛、牛津去了

即使北大、清华也法学盛行。如何了得
几个教育家的呐喊根本没有人听见

您老门下，不少人也偷偷去六祖那儿听经了。"
夫子亦默然

昨夜，先吟诵《前赤壁赋》，后温习《论语》
嘿嘿，天命，《为政》于我无用也
《为学》也有问题，读书与出仕没有必然关联
闻道真是人生第一快事
终于弄懂一句："知之为知之"

是时，正值尿急，便四处找厕所
慌乱中却发现"半截灰烬之木"
再前行，做警察状，终至发现了赃物
乃一套按揭房、一辆破旧轿车，有独生小女初长成
还有需要后半生未必完成的半句诗
至此，嫌疑目标已经锁定
此人系一名教员，做过文化掮客，作案三十年
流窜于贵州纳雍和昆明到深圳沙井之间
夫子，此人——据查
就是"这个——这个——我也"

2012 年 11 月 12 日

转　语

夜深人静读《坛经》，胜过春花秋月
那点风流事，天知地知已嫌多
千万别在言行和文字中泄露，甚至在梦里

人皆自恋而卑微
需要时刻拼命放大，推销与出卖
诗人们，表面上相互吹捧点赞，骨子里
其实全是蔑视，没有谁认真阅读他人的作品

活着，无聊透顶且难熬！应当有些小爱好
仅仅斗地主、喝酒、聊天显然不够，写诗、作画就很好
但没什么了不起，手艺活而已，再差的木匠也是木匠
犯不着拿去沽名钓誉，当子弹、匕首、大棒
也不用学魔术师，看什么都改变本色
让道德文章，美酒荣誉，都染上乡野蛊毒

……如此如此，凡是人都该杀，包括亲人好友

尤其必须先对自己下手

根本不需要合格的刽子手和必杀的理由

也不必为最后穿什么衣服而发愁

嘿嘿，不可能忘记在母腹里的怪模样

那就举起屠刀，瞄准自己的骨灰盒

2012 年 11 月 10 日

孤　独

云游在绝壁和瀑布之间，在苍鹰的翅膀下
孤独者不捕食跳跃的獐子，只饮清风山泉
孤独者可以穿过一只蝴蝶和一种无名的草药
抵达宇宙中任何天体
他不思男女，肉体没有质量
他没有名字，不需要身份，不属于任何党派和阶层

我曾经看见，孤独者在一个乡村老者的身上一闪而过
他种田、祭祀，粗茶淡饭，不嗜酒与发怒，不大笑
星辰陨落，日食月食，他能洞悉一个帝王的末日
一根鸡肋就是一个卦像，而鸟声和风声就是卜辞

在我居住的城市，我也见过孤独者
在公交车上，地铁上，在菜场、弘法寺、红树林
今夜，孤独者一定深居在某个逼窄的角落或书斋

我一直把孤独视为敌人

用赞美去博取赞美，用爱去兑换爱
我乐于与他人握手，感知自己的存在
惊喜每次睡眠的成功，以及每天早晨的完美启动

但我是不干净的
我有太阳上永不停息的风暴，有水星上的大红斑
那些自诩为救世主的人，也是不干净的
我所熟悉的贫民、有产者、执法者、不同政见者
没有谁干净

孤独者从来不把自己不接受的事物与想法，施予他人
你不能否定，那些无名的救助与捐赠，他无关

孤独是一项伟大的革命
活在人间，但不能停留在人的角度来生存
静修、冥想、独来独往
在石头的内部寻找火，在蓝色的火焰里探索冰
与万事万物互为镜像
孤独者能够随时出离现场，神游一柱拐杖的前世今生
且马上回来

2012 年 11 月 9 日

采 菊

用一分力把锄头抡进天空，其结果
要用三分的劲，才从地里把锄头拔出来
昨晚，喝着喝着，就不知道酒是酒了
真有意思

这满坡的野花叫什么来着
清瘦的身子，散发着魂魄的香
这眼睛，还能够辨别它的色彩
是它把你引导来这儿的吧
如何引导你来的呢
从开放到凋零：就是这么一朵野花
采了又采，究竟采到了没有

这是哪家无聊而有趣的老小孩
扶起头颅，这山是南山吧
那西边的篱笆和宅子是谁家的
找这户人家喝茶去

（倘若有酒就更好了）

院子不大不小

有一、二、三——五棵柳树

怎么介绍你呢

好嘞：就五柳先生吧

2012 年 10 月 25 日

向马拉美致敬

"读诗和写诗已经使人难受和厌烦，先生"
但是，你的高傲那么纯洁，你的狂妄并不荒谬
你赌徒的睿智和僧侣的微笑难能可贵
一无所有却拒绝尘世的幸运是至高无上的
伟大的心灵成为艺术的靶子是令人崇敬的

"燕之北，越之南"
多少复杂的眼神注视你行走在象牙上
唯有我看见一座无缝之塔
它由镜子、天鹅、云雨和午后的牧神构成
风和阳光和声音的流动是你宏大的孤独

推开花儿芬别墅窗内的塞纳河以及森林
天地之大原来也属于你家小小的客厅
邀几个信徒静坐其间，抽着香烟，品着中国茶
就可以与星群低语，让风雨雷电穿过体内
倾听圣言，被唯美真实地表达

没有思考拯救自己是否还来得及

我就绕过了微薄、导航和时间

接受灵魂的指令，慢下来

不再理会鸣笛和信号灯

"先生，我的地理是否抵达了应有的海拔？"

2012 年 10 月 22 日

不是哀歌

人，从婴儿开始
就是神与兽的猎物，善与恶的祭品

小一点说吧，一个人等于地球
他的版图内，有冰川、火山、海洋、矿藏
有北约、金砖国家、欧元区
他的身体里，有上帝，魔鬼；有耶稣，犹大
有美洲豹、北极熊、狮子
有巴以冲突，韩朝对峙，有台湾海峡
有菲律宾，有日本，也有伊拉克和伊朗

我爱我的母亲、妹妹、妻子和女儿
但是，和爱其他女人不一样
我爱自己，但是和爱其他人不一样
我受命于自己的血液和基因密码
我病入膏肓，没有使用好嘴巴、眼睛或思想
从和平到战争，从零到一，是老子的思考

生存还是死亡，不是问题，而是结果

国家与民族之争，只是人的病兆无意识的爆发

《黄帝内经》很好，关键是药引子

至于核弹，西医的一剂猛药而已

2012 年 10 月 8 日

如何驾御 V–22 鱼鹰进入诗歌

现在，要进入诗歌的意象是：V–22 鱼鹰战机

它的灵感无疑来源于同名的水上猛禽——

那栖息在湖边，闪烁着紫色金属光泽的水鸟

它反应迅疾，一击致命，百发百中

它是太阳祭师的法器，隐蔽于时间和空间

它的体内流动着血液和种族的爱

但 V–22 鱼鹰是钢铁的集合，是美国梦中最冰冷的部分

具有牙齿的功能，它的现实意义是维护国家意志和安全

是消灭对手，是大规模的杀伤和死亡

是和平的反面、生命权的悖论、恐怖的同义词

它有可折叠的螺旋桨，由许多十字架构成

它的普世哲学是武力解决一切

与耶稣的爱无关

作为一个战争意象，迄今为止

没有哪位美国总统能够驾御 V–22 鱼鹰进入诗歌

但是，瓦尔特·惠特曼——能，罗伯特·弗罗斯特——能
现在的很多美国诗人、很多反对战争的所有人，都能
甚至，每一个刚刚从医院出生的婴儿，也能

听说奥巴马曾经在白宫朗读沃尔科特，但进步不大
他和世界各国的元首们还没有虚心向诗人们学习
其实，驾御鱼鹰进入诗歌，不是时间问题
诗化鱼鹰的技巧其实很多
例如，让所有鱼鹰全部退役
例如，把所有导弹和武器卸载下来，保持原来的目标
但改装上鲜花、石油、药品、小麦，还有华盛顿思想

2012 年 9 月 27 日

甲午海战 120 年祭

连日来不停地打喷嚏，网络传播太厉害
夜里，有灵鱼自东海游入梦中，自述乃甲午海战的将士
多次转世。现在只有物种，没有国家了
虽自由生存于大海，却苦于杀戮的罪恶
深陷无休止的生死轮回……

透过时空，中堂李鸿章大人，从 30 年洋务运动中走出
左手在吃北京烤鸭，若有所思
吃着吃着，就被钉死在卖国的耻辱柱上，成为标本
北洋水师不见了

国破了:东一块，西一块，一百有二十年
但山河还在，在也无可奈何——只是钓鱼岛最醒目锥心
且风水极好，适宜种植鲜花，修建神庙，祭祀

但钓鱼岛已经不是原来的岛屿
而是一枚旋转的骰子

"骰子一掷，绝不会——正好被置于永恒的——
境地——在那遇难的深处。"①
从《马关条约》到《波茨坦公告》
骰子一直在旋转

有赌徒心存侥幸，但智者明白
一枚骰子的重量不可能与人的头颅相比
它总是令赌徒输光最后的钱袋，使出千者被废掉手足
人的悲剧，在于总是被物和虚拟的神挟持——在于
过于崇拜老虎的丛林法则，动辄用牙齿解决问题
自古如今，任何生命一旦患上重感冒
肌体的免疫系统必然热血预警：中医之道最高明
通经络、饮药石，才是排除病毒的良方

2012 年 9 月 26 日

_____

① 引自马拉美诗歌，《骰子一掷，永远不会改变偶然》。

蝙蝠造访

门窗紧闭，不知道怎么进来的
三天时间，两次潜入室内
都是绕灯光飞行一圈，施礼于我
便蛰伏在墙角一动不动
玩世习惯了。第一次没有在乎你
你也任我捉住，从窗口请走
"它是来找妻子或丈夫的。"
但我确信前后都是你

这生命世界，只有我知道你的神性
是你的种族已经濒临生存困境了么
是你厌倦了倒挂的日子和捕食的血腥么
是想超度自己，快速脱掉蝙蝠的肉身么
是来求我拯救么

"没——有——用——的！"
把你托在手中——应和于你的嘀咕

有天使的声音划过夜空

"没——有——用——的——

我字当头，物性不消

即使做了僧侣和隐居山林

也逃避不了人的烟火。"

哦！是我梦想了你整整三年

心念之力如此强大和具有感召

让你来探望我

所谓福音或厄运乃镜像之一面

正如远方的兄弟们在电话里的揶揄

"蝙蝠先生，色即是空——既然你

已经持戒——那就拯救我们吧。"

噫嘻，谁来救我?！谁能救我

心有灵犀，你听得懂我的汉语

"蝙蝠先生，我们互为隐喻……"

2012 年 6 月 18 日

无　聊

> 无穷尘土无聊事，
>
> 不得清言解不休。
>
> ——杜　牧

咖啡、茶，不错

他逃出星巴克，想起安非他命和麻黄碱

"比尔，土拨鼠大师，你完成了自我拯救。"

"不如睡眠，不如死去

不！不如赖活，不如无聊！"

无聊是世界的最佳譬喻，具有空气的属性

无聊进入他的骨髓，吞噬他白色和红色的时间

他从眼睛里看到了无聊的眼睛

无聊创造了神，或者刚好相反

这是人的珍宝，不属于泥塘里洗澡的猪

畜生不可能创造一部人类文明史

不会知道海伦、希特勒和斯大林

不懂得毕加索、贝多芬

"北约、欧债危机与人大选举关你屁事
你的历史对你才有真实意义，最重要的就是无聊
拥有无聊，生命才能够自主地发生转变
没有无聊，多么悲惨
嘴巴和脑袋才是第一生殖器！"
无聊蕴涵着虚空的巨大能量，类似伟哥、美酒
哦，戴姆勒，莱特兄弟和库帕，还有蒂姆
这些无聊人，虚构了汽车、飞机、移动电话和网络

所以，孩子们才能够没日没夜地网游，购买装备
哦！无聊的国家与制度，为官僚们提供了斗闹场
无聊的商品的游戏规则，使商贾们去玩财富
无聊的情爱，蛊惑人们陷入情色
以无意义抵抗无意义，无聊人在无聊中
制造声色雷电，取悦肉体，和迷醉自己
让生命在无中生有中绚丽多姿

他逃出星巴克。整条大街在疾病中疯狂行进
他现在的免疫力实在太低

他常常在夜深时做圣者状，背对大地，仰望星空
任来自亘古的大风和大音穿过身体
哦！六祖，最伟大的旅行家和革命者，一个例外
他现在在何处劈柴、担水、煮饭、讲经？南华寺的
不朽肉体，或许真是虫洞，在曹溪和十方世界之间？

2012 年 6 月 1 日

白蚁之灾

守住所有老照片的残骸

妻子脸色苍白，亦如注目自己的骨灰

我在麻木中被白蚁的革命唤醒

其实，白蚁一直在骨头里繁殖

但也不一定把它叫白蚁，有时候

它是风湿、血液病、遗传变异、无意识、反文化

或者巫术、外来宗教、焚书坑儒、非主流哲学

因为白蚁：才有了文明的崩溃和艺术品的消失

因为白蚁：才有了帝国版图的改写和种族的灭亡

才有了灾难、复苏、史诗、伟大的爱情和英雄气短

人从来感受不到细胞的小小死亡和时间的膨胀

我已经不再诅咒白蚁；我在接受：美——毁灭

2012 年 5 月 24 日

诗人海上回深圳

文博会。诗人海上回深圳来了

但文博会与他无关，很多事情都与他无关

诗人海上，我一看见他，大地就生动，就辽阔

不像他六十岁。我就像又睡醒了

看见我的脑袋，被旋转的扳手反复拧紧

铆在城市快速运转的，上万条生产线上

……我只是一个血肉的部件，数万次重复着一道工序

组装、组装……标签，标签……电梯、码头

然后，消失在物流、金融、消费和时间的废墟中……

似乎明白，为什么有人一手抓住血腥的美元

另一只手，则拼命地抓住慈善

艺术家们当然可爱多了，他们，一直在以各种艺术

来表现自己的庸俗、胆小、自私和懦弱

既个性，也疯狂

"不就是活着嘛，干吗成为自己的累赘和痛苦之源？"

——诗人海上，这个老妖精

我用了一桌湘菜和几瓶茅台酒来喜欢他

明白我如何依赖于现在的衣钵。他飞溅的唾沫里

跳出神马，倒骑狼豪，横行在宣纸上

我是偷酒之后的书童：一边开心大笑，墨宝伺候

我没有告诉他，很多敌意的事物

由于我丧失斗志，已经改变态度，或离我远去

近年来，我一直在致力于生命的简单化

下次他再来，如果确实想找我麻烦

我也无聊，想难得复杂一下，就和他随便聊聊

当然，也可以继续吃湘菜

2012 年 5 月 23 日

写给妻子的烦恼

"钥匙丢了！"
她在电话里倾诉，被疲惫追杀，被家门拒绝
"哈哈！热烈祝贺！"我大笑，击掌叫好

驾风火一路狂奔，进入家门，做无限开心状

煮一壶故乡的乌蒙毛尖，捧上微笑
"妻坐，来一杯！"
唤醒味蕾，等待下一刻发生的事

比如，明天汽车擦碰会有多严重，维修多久
比如，嚷了很久的油价降了两毛之后飙升多少
山珍海味吃得还不够，血液三高的时候就差不多了
退休年龄延迟到六十五，我是哪只朝三暮四的猴子

我们为什么对生活的反面视而不见？它们是
阴影、冰山、不愉快、不顺利、不幸，甚至暴力

就是这些与生俱来的对手、拔河者、神偷

从反向，支撑生活的巨大结构，天才没有塌下来

蚊子是睡眠香甜和深度的制造者

狗的悟性在于它从来不思考摆脱狗的生活

我的新诗集要出版，钱是个大问题：算一算

印刷一千册，当废纸卖，一定能够收回

两百元成本

现实主义者的生存哲学俯首即是

摸不着石头没关系，摸着蛇，也要过河

2012 年 5 月 10 日

新赤壁赋

江水里偶尔跳跃闪现的浪花

就是曹孟德周公瑾们风流的面孔么

如果现在我问你是否是苏东坡

你一定回答不上来

管他什么苏居一或者曾东坡

生命的真谛就是自己不认识自己

就是庐山烟雨浙江潮

一千年了，这江面的大风依然八面劲吹

微博上正盛传朝廷准备为你的乌台事件平反

好危险！那支愤怒的狼毫差点成为你自杀的道具

它扛着你进入体制内

就是把你思想的锋芒投入文字狱

齐家治国，岂能是大诗人的作为

有失有得：《前赤壁赋》和《寒食帖》即是也

虽然你对这些作品也不甚满意

表达就是错误，微言怎么称好

爱情一旦抵达肉体就成为灰烬

酒一旦遇到酒鬼就变成白开水

老和尚佛印近来入定情况怎么样了

哈哈！你身上的虱子是不会为股市暴跌而烦恼的

它的脑袋，必须有节奏地从肌肤里探出头来

有无闲事纠缠，斗牛二星都一定高高在上

2012 年 4 月 16 日

给何首乌重新命名

已经切成片，晒过母亲的太阳

我每日取几片，煮一壶珠江水

便立刻复活故土的魂，时间的血

我听到了何首乌在轻轻低语

"儿子，你也有白发了

好德当如好色，切不可欺负良家妇女！"

已近天命之年，常常腰疼

福气透支过半。浑噩而不孝

何首乌，何首乌，不能叫你何首乌

我没有多子多孙，也不见得长寿

何首乌的命名多么愚痴

你不属于任何发现者

与我一样，是母亲放牧的马

我只知道马就是马，我当看好自己

不去践踏别人的庄稼

我只知道你就是你，吐纳风水和日月

我只知道你，乃济世药石，非圣哲可比

当然，看到你，我想起了母亲

这并不妨碍我沐浴你的光芒

必须如此呼唤你：生命菩提

2012 年 4 月 17 日

自　度

焚香。净手。默念《心经》

光自内心诞生

自己照亮自己

哪有什么生老病死

"揭谛揭谛！波罗揭谛"

进入自在之门

无须把心脏吐出来捧在手上

无须肺叶上扫描过激光

2012 年 4 月 9 日

李 白

扔给高力士的靴子还在擎住倾斜的大唐帝国

政客们却在声色犬马，交头接耳，圈点江山

你告诉了世人：天才的下场

我找遍长安的所有酒店，问过贺知章

找遍天姥山、敬亭山、庐山和峨眉

还到过诗人和艺术家聚集的宋庄

老兄，哪里找得到你的影子

只看见你的那把倾斜的小酒壶

驾着一场大风和亘古月光

仕途险恶，百无一用是诗人

就算给你一个翰林，你太明白自己的斤两

"我太白只爱吟诗喝酒，只爱白云和少女

哪有工夫去处理公文"

好诗人，就是仅仅靠玩诗也活得很潇洒的人

就是天上一句，地下一句，胡说八道

就可以成为好诗，名震江湖

还好，唐朝没有作家协会不是坏事

只是没有各种期刊、稿酬和版税略显遗憾

将进酒、蜀道难几个著名版权和专利

只能在汪伦那儿混几瓶二锅头加速肝硬化

韩荆州可以做朋友，犯不着拍马屁

误入天子的宴席那是读书人的天真

在权杖面前，诗歌就是一只宠物狗

但我仍然喜欢你的狂傲和狭义

而不是纯粹意义上你的诗歌

太白全集里就有不少垃圾

只是二流诗人们的垃圾，比你更多

坊间流传你水遁于一个月白之夜

唯有我坚信一颗高贵灵魂的自我拯救

以诗歌的名义找你很多年了

原来你一直躲藏在空酒壶里静修冥想

哈哈，老兄，打扰了

我不是来向你请教诗艺

更不是来请你做品牌代言人

我只想：大诗人当随时随地赏玩国色天香

好诗人皆兄弟也

我为你准备了几件陈年茅台

2012 年 3 月 19 日

王 维

行到水穷处，不见香积寺
大隐终究逃脱不了林中老者的唠叨
他总是见你就哀叹苛税和民生之苦
你也依然要听肚子和生殖的指使
还要把根深扎在农事和风俗的底层
完成火焰到灰烬的妥协，嘲笑自己
日复一日，解读飞鸟的啼鸣
在孤独和死亡的阴影中保持诗性

人的血液与草木有同样的香味
只有自性者才能觉悟生命的卑微与不朽
只有勇敢者才能逐渐远离痴愚和傲慢
昨夜为完成那幅画，眼袋都大了
不当公务员自然好了许多
种地、养蚕也可以过活
只是禅修还欠火候，还是摩诘居士
生存几乎耗尽了所有的时间

没有时间了——哪有时间

哪有时间读书、写字、会朋友

更别妄谈慈悲，或者做公益

云起来了，水熟悉它的脸

一切皆是空茫，天上地下、前世今生

看多少人奔跑在网络时代到盛唐的路上

走向你，追逐音乐、诗歌和绘画艺术

而你早已独坐为幽篁里弯腰最生动的那一株

风吹来，该摇摆则摇摆，该安静则安静

至于写诗，则持戒很久了，平日只管读经

间或打一桶山中秋水，取一匙终南山的茶

不紧不慢，煮它一个下午的蝉鸣

2012 年 3 月 15 日

早晨上班时诗意来袭

迎面撞来的一树芒果花香和鸟鸣

如期打开春天和工作的秩序

以诗歌为生命的人总是找不到生活之门

不是哀叹生命虚空，就是感伤美好短暂

倘若春鸟也整天怨尤，而花朵则恐惧开放

该有多么糟糕

曾经的风流

为什么让那么多无关的人知道

同理，如此天天上班下班，真好

回家就做饭、刷锅、陪妻子散步，真好

有空闲就找朋友喝喝小酒，或者斗斗地主，真好

再得意的诗神，一旦借文字还魂

就制造三流诗歌，就变成三流诗人

2012 年 2 月 23 日

谷　子

一粒谷子端坐在香火缭绕的祭坛，洞悉着人的一生
洞悉着人如何认知色、香、味，如何追求功名
如何饱受疾病、孤独，和亲人死去的悲伤
一粒谷子一直在对人说话，却从来没有谁听懂

一粒谷子对人仁至义尽
它养活了人，人却嫌不够
把它煮了蒸，蒸了窖；把它熬出美酒来
再把酒糟拿去喂猪狗，把它欺骗了又欺骗
出卖了又出卖

一粒谷子从来不妄念有人把它高举在头顶
放到教堂顶尖，放在皇宫之上
一粒谷子没有尊严。成熟之时就低下了头
人的灾难与对一粒谷子的一知半解有关
昨夜，一个白发老者一边给我把脉，一边讲述
"吃五谷生长的人，一定会生病和死去

一粒谷子永远是最好的药石

一粒谷子没有国家，不会被写进宪法

从来不知道傲慢和愤怒。"

2012 年 1 月谷日

人　日

——兼致诗人季风

不吃拉魂面没有关系，吃自己白骨的擀面杖
走遍荒僻的大地，母亲的豆腐乳，也没有
把你拉回来

幸存者，与知耻的苟活者
你与生活，究竟是谁背叛了谁
有国无家，不再成为老朋友酒令间的谈资

不似那些永远的面孔，像子弹一样年轻
人活着是飞不起来的。纵然长出了翅膀
也必然被剪掉，制成标本

哈，自由的囚徒
寓于身体，也寓于天地
人的真意，就是干净地出入国家机器
至少暂时是这样，返回大雪覆盖的故乡
在母亲的白发前，扮演顽童玩手倒立，惹她开心且用闭上的一只眼，偷看到回家过年的"农公民"

你无意看见，一粒鸟粪从天空自由落体

打中了广场上巨大的雕像

2012 年 1 月 29 日

人是神的影子

我知道主，知道神，知道菩萨

知道万有，知道银河系、山河、大地

一头麒麟在神的喜剧中出现

耶稣诞生，然后被钉在十字架上，坦然说

"原谅他们，不要恨他们！"

孔子周游列国，传播仁义治国之道

最终返回鲁国，其状若丧家之犬

我知道天才——李白、尼采、毕加索

我知道诗歌、女人和酒

我知道这个，那个，知道你、我、他

人是神的影子。身体不一定是生命

人们当着我的面从不骂我浑蛋

我一直睁着眼睛说瞎话

时空中有无名大德念诵经文照亮满天星斗

无名无姓的众生无法轮回，呼喊不已

我知道伟人们，也许无力拯救世界

但一定要弄出点声响，和名堂

2012 年 1 月 16 日

雪

把繁华的盛夏冷冻在小小的肉体里

以恣意的舞蹈挑战虚空和辽阔

沧海、云雨，种子、玫瑰，美目、歌声

香味、落叶、白发、坟墓，乃自然之大美

胎儿在子宫里成形、微笑、变换体位

逝者在泥土里腐朽，进入蚯蚓和草根的血液

蝼蚁顺天承运，进入冬眠

千般爱恨已经消亡

唯有泪水，在穿越漫天大雪

广场上的雪人越长越高

不知冷暖的孩子们天真无邪

2011 年 12 月 29 日

歌

一件伟大的乐器只为一个演奏家诞生

一个歌手只为一首歌

整个世界就是你的巨型乐队

而乐队就是大海——而大海在奔腾

而鱼群，海马，海豹，就是你的血液

在你的肉体里恣意地游弋、射箭

在黑暗里突围出一条条白色的隧道

而灵魂和香味，曾几何时

把肉体拆卸得干干净净

但你是一件乐器，哑默得太久

喉舌的簧片一定会冲出尘封的空气

紧紧抓住命运中的琴师和手指

但你就是一个歌手，失声得再久

你也要用漫长的一生来演唱你的歌

你会一千遍一万遍地反复演唱下去

除了你，再也没有任何歌手

除了这首歌，再也没有任何歌曲

2011 年 11 月 2 日

庄　子

庄子站在深圳南山区钰龙园十四楼寓所的阳台

紧皱眉头。看了一眼十字路口严重的堵塞

"太疯狂了！未来是危险的！"

自从辞去漆园小吏，回乡下种植菜园

不知什么时候，糊里糊涂跑到了深圳

误入这个时代真麻烦！想卑微和默默无闻也不可能

可以不炒股，不买房，不买车

可以不与政治和人事发生深刻的关系

但是绝对不可以——做吸血鬼和寄生虫

不可以不乘大巴不乘地铁电梯，不读报，不上网

不可以不吃三聚氰胺牛奶毒蔬菜转基因食物抗生素药品

庄子没想到自己竟然堕落得如此不彻底——如此冠冕堂皇

他现在是文化公司老板、品牌策划师、边缘诗人

人模狗样

抬头，庄子看到——

梦见他的那只蝴蝶依旧在对面中山公园飞舞

他迅速摇曳为深秋的一株怒放的菊花

全然忘记还可以通过 DNA 去证明老庄的身份

去拿回《庄子》的版权，向所有出版集团索要版税

还可以利用现代传媒和网络炒作，火红一把

庄子已经搞不清自己究竟是蝴蝶还是菊花了

多一分折腾就增加一分危险——赶紧返回蒙邑吧

他把这些诗句、公司账务和公章印鉴放在办公台上

闭上双眼，按住脐带（那是他终于找到的时空虫洞的机关）

久违的鲲鹏大鸟便从宝安中心区上空一大片乌云之间起飞

向他扶摇而来

2011 年 11 月 1 日

骑　手

他没有感觉到自己在动

只看见大地有节奏地后退

山峰下降河流高蹈云朵冲刺

黑夜和白昼在加速度

所有闪现的事物收拢心力、连绵起伏

展现抒情的广板和柔板

他发现自己其实只有脑袋

一切奔腾的风物都是胯下如意的坐骑

一阵飓风。一股狂澜。一只白鲸。一场大火

一个放荡不羁而又桀骜不驯的绝色美人

当然，最好是一个风雨飘摇的时代

和支离破碎的万里河山

他最大的梦想是脑袋突然被人搬走

面孔被诗人的想象力摧毁，成为虚构

2011 年 10 月 31 日

———————

①　此诗从具象到抽象，抒写了骑手与天地合一、齐物的至美境界。

大　海

你说，德彪西在大海深处正演奏巨大的白鲸
白鲸的腹腔里有无法消化的折毁的灯塔
你说，大海没有泪水，海鸥到处投下阴影
你还说，瓦雷里比喻得很好
陈东东也不错，大海是他"诗歌的心脏"
无论怎么看，博尔赫斯的脸都是蓝色的
面向大海。你问我是否知道大海的脾气
"哈哈——哈哈——"
我只听到大海无边无际的回声

2011 年 10 月 28 日

我把蓝色的江湖叫深渊

昨夜，手提灯盏，梦回阔别已久的故乡

看望了所有留守的孩子和生病的老人

回到家中，我把脸伏在年迈父亲宽大的手掌

号啕大哭——

"啊啊，生命真的毫无意义

除了爱！可是，为什么

我总是背井离乡，四处流浪？"

现在，我把蓝色的江湖叫做深渊

我把草木、庄稼和奔跑的牛羊，叫做苦难

我把飞扬的汗水和歌声，叫做幸福

把春天的早晨吮吸乳头的婴儿，叫做希望

2011 年 10 月 24 日

一阵大风

刚才，一阵大风从我体内吹过

现在，一阵大风从我体内吹过

等会儿，肯定还有一阵大风从我体内吹过

那个叫做居一的什么名堂原来是一阵大风

在肉体里被囚禁了四十八年

他的家国情爱，原来是一阵大风

一阵大风从宇宙间吹过

居一举起酒壶叩问苍穹高歌蜀道之难

"你是谁是诗人吗你活过吗，你看见

黄河之水从天上来吗"

一阵大风从我体内吹过

我拍案大叫一声："一阵大风！"

大风立即停止，大地出奇的安静

我拍案大叫第二声："居一！"

哈哈！站在诸位眼前的人，是居一吗

2011 年 10 月 22 日

蜥　蜴

请骑上蜥蜴在无边的大地漫游

请化作季风，抚摸它妩媚的腰身和迷人的手腕

请适应它变化的体温，不要起鸡皮疙瘩

学会欣赏它所有美好和丑陋的部件

它有顶尖而荒谬的游戏天赋，有难以猜透的欺诈

没有必要看清楚它不断切换的面孔

不要在乎它是被嘲笑的物种

只有信任和偏爱它！才能穿越意想不到的噩梦

请骑上蜥蜴吧，请披上太阳的风衣

与它一起突然变色，一起深入石楠丛中

陶醉于它咬断尾巴、炫耀迷人的诡谲

不用再想入非非，继续耗费时光

请骑上蜥蜴在大地漫游，保持高度的警觉

奋力挣脱这世界的荒诞和秩序

不能再错过了，即使在梦里，也要骑在它的背上

它是高明的猎手，你遭遇到了绝世的坐骑

2011 年 10 月 21 日

威廉·布莱克

大地上散发着一股强烈而令人神往的老虎尿臊味

布莱克骑在虎背上逆风奔跑

他看见上帝，看见飞过田野、栖息在大树上的天使

行走在天堂和地狱之间的老虎有撒旦的男性美和创造力

布莱克不随意吐露转瞬即逝和难以言说的爱情

老虎从来没有绯闻，布莱克没有拜倒在贵妇人脚下

老虎热爱自己，热爱充满情欲的大地和淫荡的山羊

布莱克热爱他的女人的裸体

老虎大口吞食孤独，呼吸思考

不被森林和群兽理解

布莱克用眼睛的火炬照亮黑夜和未来

老虎没有想到成为大师

布莱克不需要教育，也不知道贫穷

老虎从来不会在抗争中愤怒和沉沦

布莱克没有被喧嚣和愤怒逼进时代的偏僻之地和疯人院

诗歌不是下水道和装在别人枪膛里的子弹

布莱克很满意用雕刻的手艺养活自己的女人

老虎没有资格做一个冠冕堂皇和傲慢的寄生虫

布莱克很小心与出版商和艺术家交往

2011 年 10 月 10 日

歌 德

世界庸俗和小的时候，就是一面镜子和一枚鹅卵石

即使有著名导师的棒喝，也未必能够进入或者出来

在天主的心里——那饱食经书，不断迷失的蛀虫

也一定是终成正果的圣徒

人的要义，就是从不满足和堕落

所谓危险，就是妖冶的罂粟花

被情欲折磨得死去活来，像少年维特

充满死亡和流浪的激情，像西西弗斯

以上升和坠落的苦难存在

就是爱上格蕾琴①，且置她于厄运和毁灭

海伦只能够是永远的故乡

你现在的可耻在于——身怀济世之才

却成为功名和体制之间叫嚷的犬儒

敢于把自己的灵魂抵押出去的人

从来不奢望天使拯救，进入天堂

---

①格蕾琴，《浮士德》中的人物，被浮士德深爱，反而成为悲剧。

只有头破血流，战胜魔鬼

才能与神圆满对话

2011 年 10 月 8 日

查拉斯图拉如是说

人啊

你是我的讥笑和羞辱：蜥蜴一样不完美的物件

你是我的致命伤、我的悲剧，自我污染的河流

你的耳朵与我的舌头与脚步总是不对劲

你活了一辈子只收获了一具活死尸

你每天都在重复昨天的事情

你总是在使用身体和灵魂的卫生术

人啊，你的爱是我的危险

我有太阳和酒，有安眠药和瓦格纳

你企图杀死我侮辱我只会使我更加强大

我有永远的激情，永远的提问

我一直坚持与疾病无休无止地辩解和私守

我需要被引诱，我继续实施引诱

我需要被猎取，我继续随时猎取

只有火上浇油才能够救火

我时刻对自己大声命令："人性起来吧！"

没有上帝了，不快速毁灭的唯一办法

就是保持纯洁的孤独——与鹰和蛇一起

继续把黑暗看透，继续被黑暗看透

2011 年 10 月 6 日

荷尔德林

就这样在梦中游荡，看席勒和狄奥蒂玛与星群上升

在火焰和山峰之巅，在黑暗和光明的边缘地带

就这样继续坠落，静默地倾听自然的旋律

倾听人类劳作的声音

就这样梦想自己庸俗不堪的肉体发酵为美酒

祭献于天堂和地狱之间

听夜莺用德意志的声音歌唱：

"谁如果真正走向他的痛苦，他将走得更高"

我太明白自己的命运！太明白神灵们可怕的妒忌

和孤独不堪！太明白他们的存在必须依赖我的感觉

来连接和证明

当我的马车从他们的眼前飞驰而过

我的毁灭，就挂在星辰之间

啊啊，当所有的诗人都成为自己虚构的牧师

在血液、颂歌和腐朽的事物中作诗

希望在自己的文字中活上哪怕两百年

我只有羞耻地退隐在时代的喧嚣之外

保持孩子的纯真和激情

无须关心雪莱的世俗和拜伦的悲观

清醒的生活毫无价值

我不可能对自己蒙混过关

2011 年 10 月 4 日

向日葵

"当秋天的第一丝凉风吹过灌浆的稻田

水落石出，我们就成为亲人了！"

一株向日葵，在大地上又是舞蹈又是歌唱

梦幻的金色流向天空

已经安静的一湖秋水被彻底激活。与世界

发生了崭新的关系。生命的气息吹过江南

抵达枣林深处飘动的连衣裙；在回家的路上

太阳找到了韵律，与被晒得黝黑的小伙子窃窃私语

深入心灵的缝隙，拂去了往日的噩梦和忧伤

把陈腐的呼吸和失望的游丝驱逐得干干净净

一株向日葵，灵魂长出了翅膀，与云朵一起上升

与明天，与河流一起，迈开没有障碍的脚步

奔跑在秋天的宏大和灿烂里

连只会偷食的山耗子，也从一枚松果上

踮起脚尖，向她致以美好的祝福
在蝉鸣和飞扬的马匹之间，手握家门的钥匙
一株向日葵，不停地变换着脸：——
母亲的脸，儿女的脸

秋风越来越紧！她随时有被掠夺
和偷窃的危险

2011 年 9 月 29 日

最后一株稗子

一大片稻谷怀揣黄金之爱，在秋天的田野浪潮起伏
牛羊们在社稷上抛洒热血和头颅，成为最美的牺牲
大地的祭坛上，神圣的死亡，金戈铁马

挺立在稻谷深处：我是农神无法拔除的
最后一株稗子（苏格拉底的坏学生）

秋天——伟大的刽子手啊，我也热爱
镰刀背后的国家

2011 年 9 月 23 日

五秒钟

"去吧，去吧，鸟儿说：人类忍受不了太多的现实。"①
你准备好了吗，我进来了。五秒钟，五秒钟可以的
不，再短暂些，让我们进入零度时间

对啦！就这样，与甜蜜的宇宙融合为一
纯净而宁静。一切的一，一的一切
没有宗教了没有哲学了没有社会了没有宗教了
没有历史了没有生理了没有物理了
还要什么故乡和家园，还有什么地狱，今生和毁灭

亲，你就是上帝啦，我就是上帝啦
亲上帝需要名字吗？我们有名字吗？世界上有自我吗
钱袋，房子，汽车，老公，妻子，孩子，著作，名誉
为什么要拥有和依赖这些

———————

① 引自艾略特：《四个四重奏》。

五秒钟，不，是零度时间，就这样拥抱，亲吻

我们拥抱，亲吻，就是爱吗？就这样

不用与死亡抗拒了么？恐惧

永恒是多么难以名状的恐惧

算了，撤退吧，从零度撤退。抓住五秒钟

已经足够了！最好，再从五秒钟撤退

好好地去活，去受折磨，去死，不是去爱

没有爱的！爱是一个无法解决的问题

2011 年 9 月 8 日

蓼莪又叫抱娘蒿

以蟋蟀或野花的面孔，坐在荒冢上晒太阳

祖先们很清楚，蓼莪从来不会愤怒和狂欢

蓼莪只生长在诗经里、在偏僻贫瘠的山冈

不关心江山易主、神五飞天、官吏横行

也不关心转基因农作物大面积殖民

不像瓢虫急得乱飞，麻雀漫天，高叫危机四伏

不像和尚一边倾听 MP3，一边梦想魔法时代

蓼莪明白自己，只是风中摇头的蓼莪

只会倾听自然的法则而从不言说

蓼莪就是蓼莪——我第一次叫它抱娘蒿

2011 年 8 月 28 日

秋　风

看见秋风走动的人，也看见了天高地迥

秋风把粮仓、酒窖和赞歌高举
席卷一切陈腐的事物
水落下去
石头上升

秋风，从骨头里诞生
秋风吹，秋风不可能不吹
河流跟不上布匹和盐奔跑的速度
用诗句充饥的人越来越瘦

铃铛发出声响，与秋风一拍即合
奔跑的老虎不停地变换身段和面孔
谁在虎尾捉风

2011 年 8 月 11 日

致歉书：给女儿

当你诞生——我睁大眼睛

——凝视你——又被命运绑架

举起你，骑马在双肩，任呼啸的列车

穿过黑夜和时间的隧道

我时刻准备割下身上的肉，喂养我唯一的稻草

安然坐在一碗清水上，坐在一个发霉的面包上

倾听早晨的大风一直吹到夜半，吹乱头发和打开的书页

我从来没有被广场上多云的气候和口号干扰

其实啊，反哺我的，就是你

而成为我的流水和琴声的，不仅仅是血液的树根

不仅仅是天宇和大地之间亘古流变的呼吸

当你通过十二平均律破解了八十八个黑键白键

生命的救治啊——在于逍遥穿行在大地的荆棘之中

而从不折断翅膀

因为不完美，才多么希望我深刻

哎！我的一生，注定由许多女性来塑造

我的雕像将在血色和泪水中成型

那匠人的群体，有你，也有爱我和我爱的人

2011 年 8 月 3 日

感恩书：给妻子

必须用故乡、用子宫来表达你

爱扑腾的水鸭子，把你的河流弄脏了

飞翔的山峰，洁白的乳房——

总是放任我的马匹恣意践踏

隐忍我的蚂蟥，在你的生命里吮吸经血

从你的舌尖上，一次次站立起来

从你的手指上，一次次踏上火车远行

诗书发黄，园子忧伤

曾经高远和碧蓝的脸

被一个浪荡子，越抹越脏

2011 年 8 月 2 日

冰　山

大火和暴雨是一种终极的抒情

冰山也是

一座冰山移动着大海

退潮，涨潮，六海里的半径，可以运动吗

它陡峭、高大的白色躯体是大海的坟墓与故乡？

是水一生的征服和探险

柔情与力量的摩擦，宁静、黑暗、高潮的极限体验

被囚禁的自由，孤独的自我放逐

一座冰山移动着大海

他的名字曾经叫屈原、但丁，我跟在后面

风一直在吹，海妖一直在飞；落日，提不起大海

2011 年 7 月 28 日

是风，就是风

当密涅瓦的猫头鹰从黑格尔的黄昏起飞

所有的思想者和艺术家都傻眼了

在深圳，一群诗人目瞪口呆：一只蝙蝠

从一只酒杯上，掠走了一个男人和女人

音乐会和咖啡厅跟在后面飞翔

还有深夜在滨海大道上拉风的汽车

城市灯火映照的红树林里，有窃窃私语的白花

云层深处飞翔着一行梦游的诗句

但获得人居奖的城市是一本存在主义的哲学书

所有建筑和坚硬的地面都显示，难以着陆

当台风自海上袭来，哈姆雷特疯了

"是活，还是死？

没有人能看见，远方的夕阳一直垂吊着古老的村庄

白发的母亲正坐在一条破旧的木板凳上

淡淡微笑的一脸皱纹，吸纳了七十载的光阴和苦难

她依旧天天看归巢的燕子，细数入圈的牛羊

2011 年 7 月 17 日

信号灯前买《南方都市报》

日日新的早点，突然释放千万伏的电压
我把左手，迅速缩回车内
天天翻越它：红灯、围墙、伦理、制度
人们个个飞檐走壁，都是绝缘体和魔术师
不用翻开哪一版，都可以感受到人类的邪恶
头版一定是高谈阔论，正直和仁慈的表演
第二版开始，所有装点文明和进步的证据和图片
养眼，惬意而不失恐怖——
联合国维和、美国 301 调查、庞氏新骗局
国家犯罪，拆迁与自焚，上访，精神病院
好刀客和好刀刃，人间和地狱的婚姻
早点从车窗送进来
我蜷缩为来不及制造的儿子，躲到子宫里
不敢出生

2011 年 7 月 7 日

烈日下

——给樊子

独眼的父亲①，什么时候放下他的斧头呢

绿色的大地，早被他砍伐得一干二净

兄弟们天天坐在院子的树荫下搓麻将

哪里看得见不干净的事物

高温四十度，遮阳伞快步消失在广场

阳光有大乳房，有人还看见了黑暗肥大的臀部

与太阳对视的，是火浴中梦游的尊严和骨头

那么，把黑暗从阳光中揪出来，让它发出尖叫呢

2011 年 7 月 6 日

---

① 此诗为一首和诗，"独眼的父亲"，系对坚硬现实的隐喻。

女 人

美丽的迦南，子孙的器皿，爱与死的十字架

镜子，梦境，秋天之水，酒杯，罗盘，河床

肉中的骨肉，权力和艺术家享用的猎物或者祭品

英雄的绝世宝刀，男人的帝国，花花公子的绝佳玩偶

有着无穷解答的代数：天生尤物，三十二张面孔

高贵、自贱、聪明、狠毒、善良

纵情享乐，反复无常，精于算计

两手空空，无价而又实用

从乳房到大腿，到眼睛，到耳垂，到血液到言语

女人不仅以其性感，也用神秘的香征服世界

她饿了就吃，想飞翔就舞蹈，发情了就撒娇、就耍伎俩

就坏个够！就挑起特洛伊战争，掀起魏蜀吴三国风云

让帕里斯英雄气短，让吕布死于暗算

让皇帝只懂盖章不管早朝，大唐王朝倾斜了

半壁河山

昨晚，我梦见自己轮番成为中国一代代帝王

把三千美女打入冷宫

梦见自己伸出酒醉的双脚让贵妃脱靴

梦见自己奔赴希腊，马革裹尸

今早，我深爱的女人离我而去

2011 年 7 月 3 日

与魔鬼握手

请允许我，在荒僻之地出没、和对手决斗
我要和狡猾的上帝，在一张赌桌上掷色子
请允许我，在主席台上发表演说，大谈生命之爱
请为我准备行刑的子弹，和美酒

我喜欢出入现实的森林。不会在猎枪下
和兔子走在同一方向；不会在第二天醒来
发现自己是一具行尸走肉

我喜欢和女妖窃窃私语、谈情说爱
喜欢骑在虎背上，给自己挠痒痒
我的风格是，捣毁秩序的荒诞，完成堕落之快感
与天使和上帝坐在一起

2011 年 7 月 2 日

堕落的词

世界是什么样子，一个词就是什么样子

一个词是什么样子，人就是什么样子

已经难于挖掘任何词语新的语感和直觉了

词语们已经彻底麻木、庸俗、毫无生气

这些被所有人诱骗、包装、奴役和交易的词

已经没有谁能真正意义上地靠近词语，获得词语的真心

多少人因此染上了暴力，习惯使用各种夸张的工具和行为

且乐于听取词语反复的尖叫，根本不考虑词语的尊严

通过一个词语的歇斯底里

我看到了自己恶劣的品行

2011 年 6 月 23 日

女神赋

我所热恋的女神，我在人类与梦魇交媾时看见她

渺渺兮与长空一色，侧耳只闻天籁之声

我所热恋的女神，以圆环和陀螺旋转在无限的空间里

光艳、赤裸、挂满金色的球形果实

肌肤的色泽唤醒了呼吸和味蕾

肢体的线条和结构起伏着生命的旋律

阳光下，无边的草叶遮蔽着她质感而幽深的洞穴

在梦中的时光，我快意地抚摸和深入地挖掘

我所热恋的女神，误入现实的梦游者，命运的情人

令人铤而走险，酒杯里的火焰，悬在头颅上的宝剑

我的女神，曹子建和马拉美在诗歌里描写过她

德彪西音乐的光影里闪现过她

她以任何形象出现：以天鹅、蜥蜴、眼镜蛇

以水仙、兰草、玫瑰、百合、巫山上的云雨

以秋天的湖，以私语的春风

以词语的光芒，以漫天飞溅的瀑布

灵感和生命之香，射中了我的脆弱心脏

我和她交换诗篇、腰带、器官和流水的嬉戏

交换白天和黑夜，贪婪和懊恼

任阳光洒满山间的草地，和林中小路

任紫荆花环背离道德的天条、依稀的园子和炊烟

她美丽的胴体在我语言的河流里出浴和隐匿

我灵魂和思想的音乐，在她的身体里进进出出

我们睡眠，醒来，又继续睡眠

我的女神，我是她无数情人中的一个

昨夜，她把我激情的汗水串成项链，挂在脖颈上

把我的骷髅，搂在她温柔的胸怀

2011 年 6 月 2 日

扔垃圾者

在深夜静坐为一壶茶

怀想，那些被抛弃为垃圾的知情者

那些声音、气味、图案与色彩

常常在每件好事进入高潮时，突然闪现，快意搅局

那些从意识里被强行删除的

咖啡，旋律，诺言，小闹剧和小狂欢

咬牙切齿写诗时，被废弃、杜绝使用的意象

扔垃圾者太劳累了，需要整理整理

为了形而上

扔垃圾者，一生都在不停制造垃圾，抛弃垃圾

但垃圾不是说想扔掉就能扔掉的

它一直隐藏在潜意识！直到现在，患了绝症

与洁癖症的人和不同政见者一样严重

那些不分场合，向灵魂告密、反复上访的事物

已经不再令他讨厌

而是日渐眷恋

在消逝的岁月和未来之间，一壶茶

向未来移动一寸，绝望和空虚就增加一分
向垃圾，那些旧物，靠近一寸，大地就辽阔一片
茶壶在轻轻呼喊
"谁说，垃圾毁坏了生活?!"

2011 年 9 月 24 日

秋 水

只有水能读懂水，只有秋天知道秋天

那挂在秋天高处的不是果实和寒露，是秋水

那深入秋水深处的不是觅食的飞鸟，是秋天

那能够感知秋天的，一定与秋天有关

那热爱秋水的人，一定饱经沧桑

才是盛夏，我已厌倦热烈和繁华，提前仰望秋天

一湖秋水就在不远处——轻轻呼吸和荡漾

无色无香，辽阔，坦然，火焰深藏不露

阴长阳消，渐渐平静下来，反刍生命的真相

那么多怀抱春天的人，正向秋天汹涌而来。他们

无法停下脚步，满脸哀伤，纷纷吟诵秋天最悲凉的诗句

那么多读不懂秋天的事物，被萧萧落叶紧紧拽住

前脚已走进寒冬，鞋子却陷在雨季的泞泥

而我把握了秋天的节奏和旋律

秋是灵魂啊，我和水都是小小的肉体

秋就是高度，水就是深度

2011 年 5 月 28 日

一滴水

人活着，短短几十年

究竟是用来爱，还是用来恨呢

亿万年后

当考古学家面对一颗头骨化石上面的一滴水

反复推敲，却又苦于找不到我失传的诗

来还原真相

如果我此时是善的，一定有彩虹在天空出现

反之，倘若乌云翻滚，雷声大作，那就证明

我现在活得多么悲惨：一半是火，另一半是冰

2011 年 5 月 24 日

卑微的人

从阿根廷海岸回来，达尔文
在一枚甲鱼化石上坐成了一尊雕像
人类就在本能中加速繁殖、演化
被物种竞争疯狂追杀

基督的复活原来是一桩公开虚构的悬案
十字架哪有什么公平
在肉体上种植民主和自由的人
足迹踏遍了美洲的丛林、亚洲的沙漠与高原

阿兹特克人被杀尽；中国人的黄金被掳尽
与物种的消失一一对应
苏美尔人和古玛雅人，从此退出人的历史
没有杀绝的犹太人依然在约旦河边无家可归
普世价值旗帜下的掠杀天天在花样翻新

有人在试图铲除孔孟之道

有人在与伊斯兰为敌

转基因食品的伟大发明富有深意

但航天飞机绝对不是诺亚方舟

征服自然和宇宙的唐·吉诃德在疯狂自杀

丁尼生和卡莱尔是好样的

人生和爱才是人的宗教和伦理学

在稻田深处锄草的农民兄弟睁大眼睛

深情地注视着一只蚱蜢，跃过头顶

2011 年 5 月 4 日

阿拉伯海向西亚丁湾和红海敞开

阿拉伯海向西亚丁湾和红海敞开

真主坐在十万米的高空，审判坏孩子本·拉登

有清澈之气自本·拉登的躯体上升

笑看本·拉登风格：站着生，也站着死

令狙击手无地自容，躲进枪膛，化作子弹飞

却又再一次上当：没有见证的审判，有胜利的虚无

和难于言说的罪恶感

坏孩子本·拉登，躺下了依然身材魁梧，令人胆寒

几个白人士兵把他擦洗得干干净净

把血液缝合了的几个弹孔擦洗得干干净净

士兵们把他送上卡尔·文森号，不敢有丝毫的冒犯

这个人

不能有墓园，墓室太狭小，铭文难以篆刻

不能火葬，不能让骨灰盒演变为潘多拉

不能让他的泪水蒸腾到云端返回故乡；不能让

他的亲人在被剔除骨头之后又长出新的骨头；不能让
不接纳他的祖国感到羞辱，让背叛者承受良心的挞伐
人类的兄弟——这个阿拉伯人，必须埋葬在大海

做过英雄，也做过流氓，本·拉登，从此将不复存在
一颗肉质的心脏曾经掀起了一场横扫亚欧美大陆的台风
也将成为传说；
被复仇和反叛烈火反复煅烧的一把绝世宝剑
至此折沉大海

坏孩子本·拉登，类似疯子，如此的爱与恨太可疑
几乎不是人，肝上一定长有熊胆
至于信仰嘛，乃人在天地之间的阴阳之气，此消而彼长
与公然纵火和挥舞原子剑的屠杀者相比
恐怖和反人类，你只是菜鸟级

邪恶和至善，乃历史建筑之上盘根错节的神魔浮雕
哪能有一方缺位
当灵魂升空，俯视破损的大地
魔鬼的情怀与救世主的意义，自有诗人，替我指认
葬身大海，回归自由的国度，你已经得救

每一头白鲸或海象，都是你的渡船

2011 年 5 月 3 日

致好色者

在达利的作品里

一个白色骷髅头骨：由七个裸体的美女构成

当今世界，阿拉伯国家是"一夫多妻"的人间天堂

人种绝伦，美女如云，血液至美，属采阴补阳上品

可不！早就有人对她们流口水，动手动脚了

她们美丽的胴体，在搭建哪位好色之徒的骷髅头骨呢

2011 年 5 月 4 日

碘 –131 的镜像

月光照耀大海。乌鸦拍击时光的碎片

偷看父母做爱的小男孩迷失了爱

他在手淫，绷紧四肢

他梦见自己是强暴和被强暴的私生子

全世界在为他灾难中逝去的亲人默哀

人们都在疯狂地抢购食盐和矿泉水

他只爱自己的国家和神

他看见所有的人都不怀好意

星辰消隐。小男孩拼命手淫

他梦见万里长城，梦见月亮女神

梦见达·芬奇密码和无边的大海

怨恨和傲慢在他体内浓缩剧毒的钚

"我父亲是武士，我有超人的剑道和原子剑。"

用恐惧克服恐惧，走向人的反面

他在手淫，一边赞美天皇，无法控制

他弄脏了自己的裤裆和整个太平洋

2011 年 4 月 6 日

上帝的魔术师

看惯了索马里海盗的鬼把戏，亚丁湾的鱼群

正为空袭利比亚的 B-2 战机和战斧导弹，如痴如醉

上帝的魔术师——又在表演人权绝活

道高一尺：卡扎菲，撒旦的子孙

魔高一丈：必须卸掉你的武装

让 9·11 恐惧和人肉炸弹不再原子裂变

上帝热爱他的子民，不容许

任何恐怖、暴政，滥杀无辜乃反人类之行径

上帝无暇顾及这个世界，必须有人代理

倘若你意图反抗，而反抗得不彻底

我来灭掉你，就是上帝要灭掉你

2011 年 4 月 4 日

灵蛇之咒

福岛，碘 –131，我信子喷出之雾气

吾蛇也，乃天之神族

吞食巨象乃天授予之伟业

北方太冷，且有北极熊蹲守

当蛰伏不能动弹

南方气候适宜，所遇皆草食者

天地人和，只欠东风

吾蛇也，乃天之神族。圣战不死

仍以日元之剑削世人之膏血如泥

民富国强而雄踞于地球。亦如数千年来

地震、火山——灭不了我——台风、海啸

灭不了我——原子弹、核泄漏也未灭我

——天将降大任于斯人也

吾蛇也，乃天之神族

东亚嘛，我近水楼台

十三亿农夫，愤怒之状即是黔之驴

哪有波拿巴所说雄狮之气象

趁他们抛弃了冶炼千年的孔孟老庄之药石

即使佛法也无法拯救和超度他们了

吾乃蛇也，膏血乃生灵中之至美者

最懂物竞天择

须每日晨昏，跪祈靖国神社、焚香祭酒

当率子孙从教科书上先登陆南方竹岛和尖阁诸岛

地球不灭，太阳旗该与日月同辉

2011 年 3 月 31 日

我在困苦中，你使我宽广

—— 日本大地震中一个罹难灵魂的呓语

这地震、海啸、火灾和核辐射组成的大摇滚

有战争和强权和贪婪和仇恨的巨大结构

有《辛德勒名单》中帕尔曼小提琴的旋律

一滴泪水遮蔽了眼睛，给我加速

穿过肉体的隧道，我被撕碎、被彻底否定

上升为一股烟云，游荡在坟墓和子宫之外

与亘古的虚空再次重逢，天宇四周

飘散着失足者弯曲的惊呼

俯首，脆弱如鸟卵的大地已溃烂了一角

但见神龟和灵蛇在侧耳倾听

日行千里的禅定者静坐了几个世纪

大地的基座上，被日月雕塑的黑苍苍的农神

不思奢华和安逸，只求流汗和艰辛

天地，乃神器也——

国家、宗教、伦理、男女，莫不如是

怨恨和亵玩者，咎由自取

2011 年 3 月 18 日

自由之诗

两条平行线在无限远处一定会相交

民主的镜像，就是十颗太阳在天空轮番值守或拔河

被灼伤的谷物啊，它无法理解每颗太阳的爱

自由则是普罗米修斯点燃的火把

可以自焚，也可以焚毁世界

自杀者只有以丧失生命夺取自我支配权

不同政见者的出路就是把文字狱坐穿

仁者无敌

十字架也是翅膀

苍鹰的胃口也是天堂

2011 年 3 月 10 日

弘法寺

焚香，下跪，善男信女此起彼伏
以金身或者木质为相，菩萨的脚下
陈列着各色牌匾、名册
记录下了慈悲者布施的功德

"求个愿吧！"妻子说
"波罗僧揭谛，菩提萨婆诃"
默念完寺院墙上的心经，我胡乱加了一句
"背起娃娃找娃娃！"
抬脚，早已置身在一片桫椤丛中
青青的叶子上，闪烁着迦叶尊者的眼睛

2011 年 2 月 21 日

小梅沙

天空和大海的蔚蓝是甜蜜的

防波堤后的鞋子和文字，已是前生的镜像

在银色沙滩里，关节炎在进行日光浴

沙粒饱食脚丫，无力趾高气扬

一粒沙，一次大千世界的寂灭

谁能穿越亿万次的迷宫和轮回

遥不可及的蔚蓝在颤栗

飞艇和降落伞的尖叫，摔落为层层浪花

美妙的肉体，无边的屏障

何处是灵魂的出口

什么风，什么火，何时还我本色的虚空

2011 年 2 月 8 日

和青草站在一起

与青草灵视

从一粒虚空的原子到生命的杰作

谁也不是神的手纸

那擦身而过的妇女，旁若无人地歌唱

与青草和我有关

我忏悔自己的蔑视与不仁

以目光，追逐她美丽的光影

2011 年 2 月 5 日

我总是对自己背过脸去

荔香公园的空气有千分之一不属于快乐
其他部分，属于一个孕妇子宫里的天使
透过母腹，他想惊呼——
一个白发老者伏地如弓，以俯卧撑
反抗衰老，和死亡
我至今还没有开始琢磨修身的技巧
我的房子和汽车，都是向未来透支的
还有身体的使用权
我总是对自己背过脸去

2011 年 2 月 5 日

答陈子昂

幽州古台，也是我脚下的深南大道

天地悠悠，我体内经络和穴位里

有大风与烈火，还有河流奔涌

金生水，水生木。破旧不堪的不仅仅是人的衣服

亿万年以后，不会有人能看见

芳草萋萋连接无边蓝天

我把太阳看成造物主的烟斗

庄子在前面大笑

"喂！二位兄台，急转弯一下

混沌初开时，你们是何等搞笑的面孔？"

不用回答

语言和诗歌的发明是一件有趣的事情

还有泪水，还有爱

你说绝了，前不见人，后也不见人

你不是陈子昂，我也不是曾居一

哦！如果一千年来，没有你我此起彼伏的呼噜声

山河大地，一定会更加干净和辽阔

2011 年 1 月 30 日

祭　祀

我家的宗祠前

天地上升

祖父弯腰的姿势，五谷一样神圣

祭祀结束

他把鲤鱼放回了池塘

我从小就熟悉这个古老的仪式

并在祖父教我吟诵《诗经》的岁月中

懂得了节气与爱情

学会了，在谷雨中播种，在雁阵下收割

在星光下，观察天象……

许多年已经过去

下跪的膝盖，轮换成了我的

焚香，奠酒……缅怀远祖与漫长的家族史

我看见一股风，始与天地之初……

大步穿过祠堂的走廊

渐渐懂得了虔诚

我很喜欢，以这种祈祷的方式，与神对话

"太阳有一天会熄灭。"

上中学时，我对祖父说，他不相信

现在，我也不相信，他已经在多年前死去

2011 年 1 月 9 日